secession

Tatiana Salem Levy

Vista Chinesa

Roman

Aus dem brasilianischen Portugiesisch
von Marianne Gareis

VISTA
TATIANA SALEM LEVY
CHINESA
ROMAN

Die Originalausgabe erschien unter dem Titel *Vista Chinesa*

Erste Auflage

Übersetzung: Marianne Gareis
Lektorat: Christian Ruzicska
Korrektorat: Peter Natter
www.secession-verlag.com

Umschlagentwurf: Eva Mutter, Barcelona
Bild: Steven Pecoraro, Unsplash
Umschlag gesetzt aus Crackvetica
Satz: Eva Mutter, Barcelona
Inhalt gesetzt aus Cormorant Garamond und Palanquin Dark
Herstellung: Daniel Klotz, Berlin
Druck und buchbinderische Verarbeitung:
Friedrich Pustet, Regensburg
Papier Innenteil: 90 g/m² Werkdruck
Papier Vor- und Nachsatz: 115 g/m² Fly 05
Einband: Irisleinen
Printed in Germany
ISBN 978-3-907336-11-3

Für Vicente und Esther

Ich schreibe das ganz bestimmt aus Verzweiflung über meinen Körper und über die Zukunft mit diesem Körper.

Franz Kafka, *Tagebücher* 1910-1923

1

Antonia und Martim, meine Lieben,

während ihr euch gerade einen Zeichentrickfilm anschaut, frage ich mich, wie ich diesen Brief beginnen soll. Ich schreibe, lösche wieder, schreibe neu, lenke mich ab, indem ich euch ansehe. Mir fallen so viele schöne Dinge ein, dass ich davor zurückschrecke, in der Vergangenheit zu wühlen. Wenn euer Vater wüsste, dass ich beschlossen habe, euch zu erzählen, was mir passiert ist, würde er sagen, vergiss es. Anfangs dachte ich auch, das wäre möglich. Mehr noch als er, mehr noch als alle anderen sah ich im Vergessen die einzige Chance, weiterzumachen. Stundenlang habe ich mir Strategien überlegt, wie ich das real Erlebte auslöschen kann, als könnte ich einfach wieder die Júlia von einst werden. Aber es gibt Dinge, die passieren weiter, selbst wenn sie schon passiert sind. Sie lassen dich nicht vergessen, weil sie sich mit jedem Tag wiederholen. So komme ich auch nicht von dem Gedanken los, dass ihr es schon wisst. Ihr wart in meinem Bauch, habt an meinen Brüsten gesaugt, ihr badet mit mir, schlaft auf meinem Schoß, wir kuscheln uns zusammen aufs Sofa, also wisst ihr es, wie ich es weiß, jedes Mal, wenn ich mich im Spiegel betrachte. Ihr habt nur keine Worte dafür.

Gestern habe ich mich schlaflos im Bett gewälzt und gedacht: Was, wenn ich sterbe, ohne es ihnen erzählt zu haben? Zuerst dachte ich, es wäre besser so. Dann aber wurde mir klar, dass euch eines Tages irgendein Gerücht zu Ohren kommen wird, ihr irgendein Ende der Geschichte zu fassen bekommt und dann vielleicht ein weiteres und noch eins – aber ein Teil wird immer fehlen. Die Wahrheit wird fehlen, weil ich es so, wie ich es jetzt erzählen werde, noch niemandem erzählt habe.

Ich kann mir euer Entsetzen vorstellen, wenn ihr irgendwann diesen Brief lest. Es wird nicht leicht für euch sein, eure eigene Mutter so gebrochen zu sehen. Wichtig ist mir, dass ihr eine Sache begreift, die ich selbst erst sehr spät akzeptiert habe: Falls ihr irgendwann das Gefühl habt, ich sei verrückt geworden, dann denkt daran, dass niemand wirklich wahrhaftig ist, wenn er bei klarem Verstand ist. Niemand. Nicht einmal eure Mutter.

Es war ein Dienstag. Im Jahr 2014. Brasilien, das Land der Zukunft, schien kurz davor zu stehen, sein Schicksal zu verwirklichen. In einem knappen Monat sollte es die Fußballweltmeisterschaft ausrichten, zwei Jahre später würden in Rio de Janeiro die Olympischen Spiele ausgetragen werden. Nichts deutete auf eine Katastrophe hin, weder in der Stadt noch in den Schlagzeilen der Zeitungen und Zeitschriften oder in meinem Leben. Alles schien zu passen, zumal sich die Schicksale vermengten. Mein Büro — damals nur Cadu und ich — hatte den Wettbewerb für den Entwurf des Hauptgebäudes der Anlage fürs Golfen gewonnen, einer Disziplin, die nach 112 Jahren erstmals wieder bei einer Olympiade dabei sein sollte.

Ich erinnere mich an den Wochentag, weil ich mir einen Merkzettel für meinen Schreibtisch gemacht hatte: *Dienstag, Sitzung mit der Stadtverwaltung*. Genauer: unsere erste Sitzung mit dem Umweltsekretariat, dem Besitzer des Geländes in der Barra da Tijuca und dem ausländischen Golfplatzarchitekten, alle zusammen.

Severino, der Portier des Hauses, in dem ich damals wohnte, war noch nicht vom Mittagessen zurück, und ich versteckte meinen Schlüssel wie üblich in einem Blumentopf neben der Treppe. Ich nehme nie etwas mit, wenn ich joggen gehe, nur das Handy, an der Hose festgemacht, und die Ohrstöpsel. Bis dahin kann ich mich an alles erinnern, an die Haustür, die ins Schloss fällt, daran, dass ich zur Seite blicke, um zu sehen, ob ein Auto kommt, dass ich die Straße überquere, nach rechts abbiege und dann nach links, an der Bäckerei Padaria do Horto und am Kiosk vorbeikomme, doch ab dem Moment, in dem ich die Straße zum Aussichtspunkt Vista Chinesa hochlaufe, werden die Details unklarer. Ich kann nicht sagen, ob weitere Menschen unterwegs waren, ob es mehr Vögel gab als sonst, ob Äffchen meinen Weg kreuzten oder ob die Sonne, die ziemlich kräftig schien, irgendwann hinter einer Wolke verschwand. Wenn ich jogge, klinke ich mich aus der Welt aus. Ich achte weder auf den Regenwald neben der Straße noch auf etwaige Passanten, nicht einmal auf den spektakulären Ausblick von dort oben. Nur wenn die metallische Stimme aus dem Handy die Musik unterbricht und mir meine Durchschnittsgeschwindigkeit und die zurückgelegten Kilometer ansagt, finde ich in die Realität zurück.

Doch wenn der Kopf auch ganz woanders ist, ist der Körper stets präsent. Die Beinmuskeln ziehen sich zusammen, der Schmerz kommt, stechend, und ich bin kurz davor aufzugeben. Aber passiert ist das noch nie. So mühsam es auch ist, ich kann mir nicht einfach sagen, heute bin ich müde. Heute hält mein Körper nicht durch. Ich zwinge ihn, durchzuhalten.

Doch mit dem Schmerz kommt auch der Genuss, Endorphine werden ausgeschüttet, das Blut zirkuliert schnell, und ich habe das Gefühl, mein Ziel zu erfüllen.

Zweimal wöchentlich habe ich dieses Ritual durchgeführt. Anders war an dem Tag nur die Uhrzeit: Ich lief sonst nie nachmittags. Morgens sind mehr Leute unterwegs, und ich konnte es schon nicht mehr hören, dass meine Eltern oder Michel mir ständig sagten, ich solle nicht zur Vista Chinesa hochlaufen, das sei zu einsam, Rio sei selbst jetzt, da die Stadt in aller Munde war, immer noch gefährlich. Aber bis zu diesem Dienstag war die Gefahr für mich eine Abstraktion.

Ohne irgendetwas zu ahnen oder vorherzusehen, ohne mir zu denken, hier ist es so leer, ohne in der Ferne etwas Seltsames zu erblicken oder einen Anflug von Angst zu verspüren, einen Schauder, ein unbehagliches Gefühl, ohne irgendein Signal aus der Außenwelt zu erhalten, tauchte urplötzlich die Gefahr in meinem Rücken auf. Er war klein, untersetzt, und er hielt mir eine Pistole an den Kopf, sagte, komm mit, seine Stimme mischte sich mit der von Daniela Mercury, seine Hand umklammerte meinen Arm, unterbrach mein Laufen und zerrte mich in den Wald, in diesen herrlichen, üppigen Regenwald, in schönsten Gedichten besungen, in Reiseführern gepriesen und ausschlaggebend auch bei der Wahl für Rio als Austragungsort der Olympischen Spiele 2016, dieser Regenwald, von dem es heißt, er mache den Unterschied aus, denn einen Strand hätten schließlich viele Großstädte, aber einen Regenwald, so tropisch, grün, riesig, das hätte nur Rio, dieser dicht belaubte Regenwald, das Zuhause von Tukanen, Schlangen und Affen, dieser Regenwald, der einen süßlichen, Übelkeit erregenden Geruch nach Jackfrüchten verströmt, dieser Regenwald, den alle bewundern, wenn sie zur Vista Chinesa hochlaufen, und den ich fast nie bemerke, weil ich mich, wenn ich laufe, aus der Welt ausklinke, dieser Regenwald wurde zu meiner Hölle.

Als meine Füße den Asphalt verließen und auf das feuchte Laub im Wald traten, spürte ich, dass irgendetwas unangenehm war an dem Kontakt zwischen seiner Hand und meinem Arm. Ohne den Kopf zu bewegen, blickte ich zur Seite und sah, dass er Handschuhe trug. In den darauffolgenden Sekunden oder auch Minuten, das weiß ich nicht mehr, konnte ich nur noch auf diese Handschuhe starren. Die Zweige zerkratzten meinen Körper, und seine Stimme, die zwischen den Bäumen verschwindende Sonne, die Drohungen, das Geräusch der Schritte im Regenwald, all das verschwamm und verlor seine Form, und ich sah nur noch diese Handschuhe. Ich muss mich anstrengen, muss mich an alles erinnern, die Handschuhe allein sind zu wenig, aber selbst jetzt sehe ich wirklich deutlich nur die Handschuhe vor mir. Der Rest sind verwischte Bilder. Später sehe ich noch andere Dinge. Sehe Teile, Fragmente dieses Augenblicks: eine Lichtung ein Gürtel ein Schlag mein Hals Blätter am Himmel ein Mund in Bewegung eine Zunge Schuhe eine nackte Brust ein Schlag ein kleiner Vogel ein Fausthieb ein Gürtel vom Himmel fallende Blätter noch ein Fausthieb das Bedürfnis mich zu übergeben ein schlechter Geschmack eine Wolke Schmerz es reißt Moskitos ein schlechter Geruch drin ein weiterer Schlag draußen Schmerz Schmerz Schmerz eine Jackfrucht zwei Jackfrüchte mehrere Jackfrüchte ein Gesicht die Details eines Gesichts ein sich verformendes Gesicht ein Gesicht.

Ein Gesicht zu beschreiben ist schwer. Das gilt selbst für ein vertrautes Gesicht, das wir eine Weile nicht gesehen haben. Das Gesicht meiner Großmutter kann ich beispielsweise nur noch mit einem Foto wieder zusammenfügen. Manchmal frage ich mich verunsichert: Wie sah meine Großmutter nochmal aus? Ich sehe ein verschwommenes Gesicht vor mir, das nach und nach Konturen annimmt, aber sobald ich nur einen Teil davon in den Blick nehmen will, die Augen, die Nase, gelingt mir das nicht, es ist, als existierten die Teile nur zusammen, als Ganzes.

Was ist wichtiger an einem Menschen: das Ganze oder die Einzelteile? Das, was wir erinnern, oder das, was wir vergessen?

An den darauffolgenden Tagen musste ich das Gesicht des Mannes beschreiben. Seine Hautfarbe, die Form seines Mundes, die Größe seiner Nase, die Farbe seiner Augen, die Beschaffenheit seiner Haare, alles, jedes besondere Merkmal, eine Narbe, ein Fleck, ein Muttermal, eine Tätowierung. Da vermischten sich auf einmal die Dinge, die Details kamen und gingen, vermengten sich, traten in den Vordergrund und verschwanden wieder, ich musste mich erinnern, und die Erinnerung entglitt mir, wie ein Bild, das uns mitten in der Nacht einfällt und sich sofort wieder trübt, wenn wir es packen wollen, oder wie ein Negativ, das wir zu lange im Entwickler gelassen haben.

Es ist zum Verzweifeln, wenn Wort und Bild nicht übereinstimmen. Jede Erinnerungslücke ist ein Ärgernis, aber hier ist es ein körperlicher Schmerz. Ich habe Lust, schreiend hinauszurennen, so gebt mir doch das richtige Wort, und jemand sagt, das gibt es nicht, es gibt keine richtigen Wörter, niemals, aber das glaube ich nicht, ich glaube, es gibt für alles ein richtiges Wort, und wenn wir nur reden reden reden eine Stunde lang reden, dann finden wir es.

Die richtigen Wörter könnten sein: Ich wurde vergewaltigt. Eure Mutter wurde vergewaltigt. Ich, eure Mutter, wurde vergewaltigt. Ja. Vergewaltigt. Vergewaltigt. Ver-ge-wal-tigt.

Genau das werdet ihr irgendwann zu hören bekommen, jemand wird sich verquatschen, ein Glas zu viel, ein persönlicheres Gespräch, vielleicht sogar ich selbst, wusstet ihr eigentlich, dass eure Mama vergewaltigt wurde? Und doch fehlt etwas. Es fehlt, dass diesem Wort die Bedeutung zukommt, die es für mich in jenem Augenblick und in allen darauffolgenden Augenblicken dieser fünf Jahre hatte, in denen ich zu eurer Mutter wurde.

Es war bereits dunkel, als meine Füße, barfuß und zerschunden von den Zweigen, wieder den Asphalt unter sich spürten. Endlich hatte ich zurückgefunden auf die Straße, ich weiß nicht, wie lange ich orientierungslos im Wald herumirrte, mal in die eine Richtung, mal in die andere, während der Himmel sich mit erschreckender Geschwindigkeit verdunkelte, bis ich es schaffte, ich fand den Asphalt, und der Asphalt war mir noch nie so weich vorgekommen, so anheimelnd, so vertraut. Ich war am Leben, dachte ich, ich bin am Leben, nur das zählt, ich wollte an einen sicheren Ort gelangen und den anderen sagen, ich bin am Leben.

Ich vermutete, dass meine Eltern, mein Bruder und Michel mich bereits suchten. Ich hatte Cadu Bescheid gegeben, dass ich vor der Sitzung an der Vista Chinesa joggen würde, ihm versichert, dass ich nicht zu spät kommen würde, undenkbar, zu unserer ersten Sitzung mit der Stadtverwaltung zum olympischen Golfplatz zu spät zu kommen. Und wenn ich sagte, ich würde nicht zu spät kommen, kam ich auch nicht zu spät. Bestimmt hatte er schon meine Mutter oder Michel angerufen, und alle machten sich Sorgen, waren schon dutzendmal die Strecke von meiner Wohnung zur Vista Chinesa abgefahren. Gut möglich, dass ich sie auf dem Weg treffen würde.

Aus dem Augenwinkel sah ich, wie jemand von seinem Fahrrad abstieg, aber er war so schnell gefahren, dass er mich vermutlich gar nicht bemerkt hatte. Kurz darauf blickte ich auf und sah einen Förster. Ich dachte, er würde mich fragen, ob er mir helfen könne, doch er ging einfach weiter, als gäbe es mich nicht, und ich muss gestehen, ich war trotz meiner Verwunderung erleichtert. Ich wollte mit niemandem reden, wollte nur nach Hause und sagen, dass ich am Leben war. Als ich schon fast in Horto angelangt war, kam ein Paar direkt auf mich zu, aber ich machte eine abwehrende Handbewegung, es war eine schroffe Geste, die unmissverständlich klarmachte, dass ich nicht angesprochen werden wollte, und erst da bemerkte ich, dass mein T-Shirt zerfetzt war. Als ich daran zog, sah ich die blauen Flecken auf meinem Bauch, sie reichten bis zu den Armen hoch. Ich fasste mir ins Gesicht, und es schmerzte. Meine Nase und mein linkes Auge waren geschwollen.

Ich brach in Tränen aus. Dieser gesunde Körper, der in Leggings und T-Shirt die Vista Chinesa hochgelaufen war, der sechs Kilometer in vierzig Minuten zurücklegte, war nun ein geschundener, schwacher Körper voller blauer Flecken. Da dachte ich nicht mehr daran, dass ich am Leben war, sondern fragte mich, wie ich nach dem Geschehenen weiterleben, wie ich arbeiten, essen, duschen sollte, denn mir war klar, ich würde nie wieder schlafen oder Michel küssen oder mit ihm Liebe machen können, und die Kinder, die ich mir so wünschte, was wäre mit denen, ich war am Leben, aber ich wusste noch nicht, ob ein Leben überhaupt noch möglich wäre.

Mein Vater und mein Bruder waren gerade den Berg hochgefahren, als ich oben in meine Straße einbog. Wir verpassten uns nur knapp. Ich ging weiter die Straße hinunter, fast zehn Minuten lang, ganz langsam, mit nackten, zerkratzten Füßen. Schon von Weitem erblickte ich eine Frau am Eingang zu meinem Gebäude. Ich wusste nicht gleich, wer es war. Erst als ich näherkam, erkannte ich das Kleid, das Kleid, das sie immer trug.

Diana rannte auf mich zu, und ich spürte, dass ich mich nun ausklinken, meinen Körper einem anderen Menschen überlassen konnte, dieser Freundin, die mir so vertraut war, die mich ganz fest umarmte, zärtlich, die mich aufnahm mit ihrem hochgewachsenen Körper, und ein paar Sekunden lang verlor ich das Bewusstsein, und das war das Beste, was mir passieren konnte, besinnungslos zu sein in ihren warmen, liebevollen Armen.

Nur langsam wachte ich wieder auf, hörte, wie sie nach Severino rief, der ihr half, mich über die Treppe in den ersten Stock zu bringen. Sie betteten mich aufs Sofa, die Tür fiel ins Schloss, Severino war weg, ich blieb liegen und wartete ab. Diana griff zum Telefon und sagte zu meiner Mutter, Júlia ist da.

Ich spürte, dass sie niedergeschlagen war, ihre Schultern waren gebeugt, der Blick unstet. Wir umarmten uns und weinten, als könnte ich ein wenig von meinem kaputten Körper an sie abgeben und sie ein wenig von ihrem heilen Körper an mich. Sie fragte mich, ob ich reden wolle, und ich wehrte mit einer Handbewegung ab. Willst du vielleicht duschen? Wieder brachte ich kein Wort heraus. Da bestimmte sie einfach, los, und führte mich ins Badezimmer. Sie drehte den Wasserhahn auf und sagte, du musst nichts machen, ich helfe dir. Ich wollte nichts lieber, als meine Kleider loswerden, aber ich wollte auch nichts weniger, als nackt sein. Der Teil von mir, der gestorben war, war mein Körper, und doch war mein Körper lebendiger denn je, er brüllte mit weit aufgerissenem Maul und bleckte die Zähne.

Ich hob mein Arme hoch, und sie zog mir das T-Shirt aus. Mein BH war im Wald geblieben. Aus ihren Augen strömten unaufhörlich Tränen, und plötzlich entschuldigte sie sich, sie wollte natürlich stark sein, nicht so erschrocken, so entsetzt wirken, wollte so normal wie möglich erscheinen, mir Vertrauen einflößen, mir vergewissern, dass bald alles wieder gut wäre, aber es war einfach nichts normal, und so scheiterte sie kläglich. Wir umarmten uns wieder, das Wasser wird dir guttun, sagte sie, aber sagen wollte sie sicher, das Wasser wird den ganzen Dreck von dir abspülen.

Ich hatte nicht die Kraft, die Leggings runterzuziehen, auch das musste Diana für mich tun. Meine Schenkel sahen genauso schlimm aus wie mein Bauch, voller Flecken, und ich wusste nicht, ob ich diesen Körper wirklich noch ertragen würde, der noch nie so sehr meiner und gleichzeitig so wenig meiner war. Ich will ihn zurückgeben, ihn austauschen. Dieser Körper ist jetzt ein anderer. Als sie meinen Slip herunterziehen wollte, hielt ich ihre Hände fest. Ich verspürte Scham. Eine ungeheure Scham, als wären zwischen meinen Beinen sämtliche Details von dem eingebrannt, was mir gerade passiert war, selbst die schlimmsten. Als wären ... Nein, sie waren es. Wer auch immer meinen nackten Körper betrachtete, konnte sie wahrnehmen.

Das warme Wasser führte mich weit fort, löste die Konkretheit meiner Schultern, meiner Beine auf. Eine Zeitlang verharrte ich unbeweglich, mit geschlossenen Augen, bis das Weinen wiederkam, unhaltbar. Eine Hand an der Wand, die andere an der Duschkabine, glitt ich langsam zu Boden, bis ich saß. Kurz darauf kam Diana herein. Ihre Hände auf meinem Kopf, die das Shampoo einmassierten, waren meine erste Freude. Die zweite war das Wasser, das über mein Gesicht lief und den Schaum mit sich nahm.

Als mir das bewusst wurde, fasste ich ein wenig Mut, ich versuchte, mit dem Schwamm meine Haut abzurubbeln, diese unreine Schicht, ich wollte einfach nur eine neue Haut, wir lernen von klein auf, dass die Haut sich erneuert, sich schuppt und nachwächst, nach dem Sonnen oder einem Peeling. Das konnte ich auch, ich musste nur kräftig schrubben, und alles Böse würde verschwinden, und ich wäre wieder ich, wäre heil.

Als ich die Dusche ausstellte, hörte ich die Klingel. Nachdem sie mich ins Handtuch gewickelt hatte, rannte Diana blitzschnell hinaus. Ich öffnete die Glastür und warf mich in die Arme meiner Mutter, in diesen Schoß, nach dem ich mich sehnte, seit ich die metallische Kälte an meinem Kopf gespürt hatte.

Da sprach ich zum ersten Mal. Ich musste gar nichts sagen, die Vergewaltigung war an meinem Gesicht ablesbar, an den blauen Flecken, aber sie hatte mich nicht ankommen sehen, hatte nicht die zerfetzten Klamotten gesehen, und ich wollte sichergehen, dass sie verstand, also sagte ich einen einzigen Satz und verstummte. Ich weiß noch, dass ich mich fragte, was wohl schlimmer wäre, meine Lage oder die ihre, mit diesem Schmerz, der für sie nicht greifbar, nicht fassbar war, den sie nicht körperlich nachvollziehen konnte, mit dieser Lücke, die uns trennte. In den darauffolgenden Tagen sollte ich zusehen, wie meine Mutter abmagerte, und doch würde sie die Grausamkeit, die ich erlebt hatte, nie am eigenen Körper kennenlernen. Bestimmt gibt es keinen schlimmeren Kummer als dieses Nicht-Erfassen-Können des Schmerzes des eigenen Kindes.

Diana kam blass, aber entschieden ins Badezimmer und bat mich um Verzeihung, sie hatte gerade bei Bruno, unserem Frauenarzt, angerufen, der gesagt hatte, ich solle auf keinen Fall duschen, zuerst müsse die gynäkologische Untersuchung erfolgen und die Spuren gesichert werden, ich weiß nicht, warum ich daran nicht gedacht habe, sagte sie und murmelte dann ständig scheiße, scheiße vor sich hin. Mein Blick wanderte zu der Duschkabine und dem nassen Slip auf dem Boden. Meine Mutter folgte meinem Blick und verstand. Zu spät.

Ich wollte die beiden beruhigen, wollte Diana ihre Schuldgefühle nehmen, und sagte, selbst wenn ich nicht geduscht hätte, würde ich mich sowieso nicht untersuchen lassen, nie im Leben, ich würde auch nicht zur Polizei gehen, diese Geschichte endete hier, sei einzig meine

Sache, unsere, und niemandes sonst. Es gehe um meine Privatsphäre, um meine Qual, und je schneller ich einen Schlusspunkt setzte, umso besser. Ehrlich gesagt, fuhr ich fort, fühle ich mich auch gar nicht in der Lage zu dieser Untersuchung, ich kann mich jetzt unmöglich auf eine Liege legen und von jemandem berühren lassen.

Aber Bruno möchte, dass du in zwei Stunden im São Vicente bist, sagte sie, er muss dich untersuchen. Dann war es also doch noch nicht vorbei, dachte ich, dann war das erst der Anfang. Ins Handtuch gewickelt verließ ich das Badezimmer und zog mich im Schlafzimmer um.

Als mein Vater und José kamen, beide wütend, wussten sie es bereits. Mein Vater mit seiner syrischen Art, die Hände zum Himmel erhoben, das hemmungslose Weinen, seine laute Stimme, meine Tochter, mein Töchterchen, seine langen Arme, die mich umschlangen, mich an seiner Brust erstickten. Mein Bruder brüllte nur herum, ich krieg dieses Arschloch, ich brech ihm sämtliche Knochen, er wird dafür bezahlen, aber kaum, dass mein Vater mich losließ, umarmte er mich ebenfalls, eine Zärtlichkeit legte sich über seine Wut, sie dachten alle dasselbe wie ich, als ich aus dem Wald kam, ich hätte tot sein können, aber ich war am Leben.

Ich erklärte José, dass ich geduscht hätte und es nun unmöglich wäre, den Mann zu finden, doch er war besessen von dem Gedanken, ihn zu kriegen. Er durchsuchte meine Sachen im Badezimmer, packte alles vorsichtig in eine Plastiktüte, irgendein Beweis muss doch hier dabei sein, ein Fingerabdruck, ein Haar, irgendwas, sagte er. Er hatte Handschuhe an, sagte ich.

Mein Vater beruhigte ihn, darum kümmern wir uns später, wir schauen später, was wir machen können, jetzt bleiben wir erst mal hier bei Júlia. Ich weiß noch, dass ich die vier ansah und mir dachte, wäre ich an diesem Nachmittag nicht an der Vista Chinesa joggen gegangen, wären sie jetzt nicht hier, würden nicht mit mir leiden, schlimmer, wegen mir leiden. Bis heute denke ich, dass mein Leben nicht zerbrochen wäre, wenn ich nicht rausgegangen wäre, aber würde man mir das sagen, in vorwurfsvollem Ton, ich würde es nicht ertragen, was musstest du auch an einem Dienstagnachmittag an der Vista Chinesa joggen gehen, du hast einfach keinen Sinn für die Gefahr, kennst Rio de Janeiro nicht, meinst, du lebst in Tokio oder Stockholm, der strenge Blick, der mir sagt, dass ich im Grunde selbst schuld sei, denn wenn ich nicht alleine joggen gegangen wäre, wäre das alles nicht passiert, niemand würde wegen mir leiden, mir und allen anderen wäre das Ganze erspart geblieben. Mit diesen Spekulationen war mein Kopf beschäftigt, als Michel eintraf.

Ich hatte ein wenig Angst vor seiner Reaktion, ob er mir Vorwürfe machen, Ekel, Abwehr oder Wut empfinden würde. Ich war sehr erleichtert, als ich sah, dass er, zumindest im ersten Augenblick, Tränen in den Augen hatte und seine ganze Haltung von Liebe zeugte. Ich hatte das Gefühl, der Schmerz könnte uns eher einen als entzweien.

Wir waren damals zwei Jahre zusammen und befanden uns gerade in einer schwierigen Phase. Er wollte zwar, dass wir uns wohnungsmäßig zusammentaten, wie er es nannte, fand aber, dass es für Kinder noch zu früh sei, wir haben doch Zeit, sagte er, wir warten, bis es wirklich passt, während ich es eilig hatte, ich wurde bald fünfunddreißig und wollte sofort schwanger werden, doch nun drängte die Zeit nicht mehr, ganz im Gegenteil. Sie stand still, und das würde noch eine Weile so bleiben, ich wusste nur nicht, wie lange. Ein Trauma hält alles um Sie herum an, sollte ich Dutzende Male von der Polizei zu hören bekommen, es hält sogar die Welt an, bringt die Zeit durcheinander, die Erinnerung, und Sie selbst werden einfach aus allem rausgezogen.

Als wir das Haus verließen, wir waren schon an der Pforte, kam Cadu. Ich senkte beschämt den Kopf, als wäre mein dunkelstes Privatleben öffentlich gemacht worden. Und die ganze Zeit der Kampf zwischen jenem Körper, der schon nicht mehr meiner, und dem, der noch nie so sehr meiner war. Ich wollte Cadu nicht sehen, und dieses Gefühl bestärkte mich in dem Vorsatz, keine Anzeige zu erstatten, ich wollte mit niemandem über den Vorfall sprechen. Ich musste weitermachen, auf die Beine kommen, mich in der rauen See an eine Boje klammern, an den Satz, der allem einen Sinn gab, ich bin am Leben, und nur das zählt.

Als ich schon fast am Auto war, beschloss ich, nochmal zurückzugehen, ich wollte wissen, wie die Sitzung gelaufen war. Cadu antwortete nicht sofort, dann sagte er, es lief super, Júlia, sie waren begeistert von dem Projekt. Nach einer kleinen Pause fügte er hinzu, aber denk jetzt nicht daran, mach ein paar Tage frei und erhol dich, ich übernehme das Ruder, bis du meinst, wieder bereit zu sein. Nein, sagte ich, ich will daran denken, genau daran und an nichts anderes will ich denken. Er nickte und sah in meinen Augen die Verzweiflung, sah, dass ich etwas brauchte, das mich aus dem Loch rausholte, und das Beste wäre in diesem Fall die Arbeit. Nach meinem Körper war sie schließlich meine zweite Obsession.

Eine Blutung, sagte ich zu der Rezeptionistin in der Notaufnahme der Clínica São Vicente. Ich wurde in einen kleinen Raum gebracht, Diana ging mit, die anderen blieben draußen. Kurz darauf kam Bruno herein und umarmte mich. Ich weiß, dass es unangenehm ist, sagte er, aber ich muss dich untersuchen. Ich legte mich auf die Liege, spreizte die Beine und spürte, wie Diana meine Hand drückte. Noch ein bisschen weiter, bat er. Ich spreizte die Beine weiter. Der kalte Raum, die kalte Liege, ich spürte den kalten Waldboden unter meinem kalten Körper. In einem anderen Raum, in einer anderen Zeit, und doch im selben Raum und zur selben Zeit, der eiskalte Regenwald auf der Krankenhausliege, der eiskalte Regenwald an so vielen anderen Orten, die Vergangenheit in so vielen anderen Zeiten.

Bruno führte das Spekulum ein und sagte sofort, die Gebärmutter habe keine Risse, das sei schon mal sehr gut. Ich war präsent und gleichzeitig auch nicht, mein Körper in einem Schwebezustand zwischen An- und Abwesenheit. Angst bekam ich, als er sagte, dass es schwierig sei, hier in der Privatklinik eine HIV-PEP zu bekommen. Mein Problem war nicht die PEP an sich, mir kam nur erstmals in den Sinn, dass ich mir vielleicht eine Krankheit eingefangen hatte, Aids oder auch was anderes. Da wachte ich auf, stellte einen Haufen Fragen, die Bruno mir geduldig und liebevoll beantwortete, und er beruhigte mich immer wieder, sagte, alles würde wieder gut. Ich wusste, dass das nicht stimmte, aber ich wollte es glauben, wollte es hören.

Nach der Untersuchung wurde ich in einen anderen Raum gebracht, wo nach und nach Leute eintrafen. Ohne dass mir das wirklich bewusst wurde, waren wir auf einmal sieben, acht, vielleicht zehn, elf in diesem Raum, ein paar Menschen kannten sich, sie sprachen sehr laut, und ich wollte einfach nur weg, als Bruno mich fragte, ob ich nicht lieber die Nacht in der Klinik bleiben wolle. Mein verzweifelter Blick sprach wohl Bände, denn er fügte gleich hinzu, wenn ich lieber nach Hause wolle, würde er mir ein Beruhigungsmittel verschreiben.

Diana, die in den Tagen darauf zu einer Art Schatten von mir wurde, rief eine Freundin an, die in der staatlichen Gesundheitsversorgung arbeitete, und bat sie, die PEP für mich zu besorgen. Zwei Stunden später war sie da, riesige, Übelkeit auslösende Tabletten, die ich nun zwei Wochen lang schlucken musste.

Ich weiß noch, dass ich in der Zeit manchmal dachte, wenn ich sie nicht mehr nehme, lösche ich den Vorfall aus. Was ist, wenn ich einfach so tue, als wäre nichts passiert?, fragte ich mich. Wenn ich mich selbst davon überzeuge, dass nichts passiert ist? Dann ist auch nichts passiert. Ich nehme die PEP nicht mehr, weil ja gar nichts passiert ist, es war nur ein Albtraum, ein Irrtum, ein schlecht gesetztes Komma, das ich jetzt aus meiner Geschichte entferne. Doch dann blickte ich auf die Tablette und schluckte sie, voller Angst.

Die Leute in dem Wartezimmer redeten und redeten. Ihre Stimmen vermischten sich, die hohen mit den tiefen, sie verknäuelten sich in meinem Kopf, und da hörte ich zum ersten Mal diese Stimmen, eigenständige Stimmen ohne Körper, die selbst dann Präsenz erlangten, wenn niemand in der Nähe war. Später sollte ich sie noch oft hören.

Die Krankenschwester kam, führte die Nadel in meinen rechten Arm ein und nahm ein paar Röhrchen Blut ab. Ich spürte den Übelkeit auslösenden Geruch der Jackfrucht, er mischte sich mit dem von *ihm*, dem Mann, und einem weiteren, den ich nicht identifizieren konnte, von dem ich aber wusste, dass er aus dem Regenwald stammte, ein Geruch, den ich nicht nur in den Nasenflügeln spürte, sondern auch im Magen, in meinem Speichel, ein Geruch, der Teile meines Körpers durchtränkte und unzählige Male wiederkam, die körperliche Erinnerung an diesen Dienstag, der Ekel, eine andere Beklemmung als diese brustverengende. Die Krankenschwester stand noch neben mir, die Spritze in meiner Vene, als ich mich zur Seite drehte und mich übergab.

Die Stimmen waren weg. Ich hörte die Stille, ihre Stille und meine. Die Gewissheit, dass ich, so viel ich auch reden würde, nie diesen inneren Strudel, der mich erfasst hatte, würde ausdrücken können, brachte mir auch die Gewissheit der Einsamkeit. Die Gewissheit, dass wir allein sind, nicht nur ich, sondern wir alle.

Was für Handschuhe, sollte man mich später fragen, welche Farbe, sind Sie sich sicher, erinnern Sie sich auch genau, was für Handschuhe, welche Farbe, dick oder dünn, schwarz oder blau, bringen Sie auch nichts durcheinander, sind Sie sich sicher, dass die Handschuhe so aussahen, was für Handschuhe, welche Farbe, jetzt wissen Sie es nicht mehr, jetzt weiß ich es nicht mehr, welche Farbe, was für Handschuhe, verfügt ein Mensch, der ein Trauma erleidet, über die Fähigkeit, sich an alles zu erinnern, an jede Einzelheit, auch daran, was für Handschuhe es waren, welche Farbe sie hatten, oder vergisst er fast alles, wie viel erfinde ich, welche Gewissheit habe ich, dass es wirklich so war, was für Handschuhe, welche Farbe, streng dich an, wenn sie in meiner Erinnerung fünfmal blau sind und zweimal schwarz, heißt das dann, dass die Handschuhe blau waren, oder wiederholen wir vielleicht eher das, was wir uns einbilden, und weniger das, was wir wirklich erinnern, was für Handschuhe, welche Farbe, waren die Fingerkuppen verstärkt, dick oder dünn, eingerissen, lang oder kurz, was für Handschuhe, welche Farbe.

Bruno war es, der mir einen Zettel mit einem Namen und einer Adresse überreichte, für den Fall, dass wir Anzeige erstatten wollten.

Am nächsten Tag, als ich, noch ziemlich benommen von den Medikamenten, aufwachte, waren meine Eltern und José bereits da. Michel hatte bei mir geschlafen. An meine Träume konnte ich mich nicht erinnern, was ziemlich merkwürdig, aber vermutlich eine Folge der Medikamente war. Ich bin am Leben, dachte ich erleichtert. Jedes Mal, wenn die Erinnerung wiederkam, und das passierte ständig, wiederholte ich dieses Mantra, ich bin am Leben. Im Regenwald war es das gellende Gefühl gewesen, am Abgrund des Todes zu stehen. Es gab Augenblicke, in denen ich mir gesagt hatte, hoffentlich hat er bald seinen Orgasmus, kann es genießen, wird nicht wütend, ist nicht enttäuscht, Hauptsache, er lässt mich am Leben. Ich dachte, lass ihn machen, was er will — nur so geht er wieder.

Die Stimmen in meinem Kopf wurden lauter, ihre Stimmen. Ich brauchte Menschen um mich herum, doch gleichzeitig wollte ich allein sein. Setz dich hierher, sagte mein Vater, bevor er mir mitteilte, dass sie sich beraten hätten und zu dem Schluss gekommen seien, ich solle

Anzeige bei der Polizei erstatten. Der Täter müsse gefasst werden. Ich sprang auf, wollte nichts davon wissen, bitte lasst mich erst mal aufwachen, daran will ich jetzt nicht denken, und überhaupt will ich sowieso nicht daran denken, ich hab mir das bereits überlegt, die Sache ist abgeschlossen. Kein Wort mehr. Vergesst es. Ich will nur noch vergessen, sagte ich. Und ich werde es vergessen.

Ich ging zurück ins Schlafzimmer und schlief weiter. Zwei Stunden später waren sie immer noch da, das Thema war dasselbe, und ich riss mich zusammen und war geduldig. Bis José sagte, du solltest das auch für die anderen tun, für die anderen Frauen, korrigierte er sich. Du musst ihn anzeigen, der Typ darf hier nicht frei rumlaufen. Wer sagt denn, dass du die Einzige bist oder bleibst? Dieses Argument leuchtete mir erstmals ein. Ich betrachtete die vier und sah, wie sehr sie litten. Die dunklen Augenringe, der niedergeschlagene Gesichtsausdruck. So allein ich mich auch fühlte, ich war nicht allein.

Mir wurde klar, dass wir alle ein Ziel brauchten, an das wir uns klammern konnten, nur so kämen wir wieder auf die Beine. Könnten wieder atmen. Ihr Ziel war es, zur Polizei zu gehen, Anzeige zu erstatten, den Typen hinter Gitter zu bringen. Ich willigte ein, weiterzumachen, wohl wissend, dass ich es für sie tat und dass etwas für sie zu tun in dieser Situation auch hieß, etwas für mich zu tun.

Mein Vater zog den zerknitterten Zettel aus der Hosentasche und rief bei der Kommissarin an. Die Polizisten wollten noch am selben Nachmittag kommen. José und Michel mussten zur Arbeit. Aber ich, meine Eltern und Diana wären da.

Ich hörte ihre Stimmen, als sie ankamen, Stimmen, die jeder andere Mensch auch gehört hätte, doch in meinem Kopf verstärkten und vermischten sie sich, gehörten zu keinem Körper mehr. Ich hörte eine Frauenstimme heraus, die fragte, wie es mir gehe, ob sie eintreten dürften, wir wollen nicht stören, sagte sie, doch dann mischten sich männliche Stimmen darunter, und ich konnte nicht mehr unterscheiden, wer was sagte.

Als Erstes sah ich einen älteren Mann, er setzte sich an meinen Schreibtisch. Dann eine Frau mit Haaren bis zur Taille, geglättetes Haar, sie setzte sich ans Fußende meines Bettes, fast auf meine Füße. Danach zwei Männer, einer davon sehr muskulös. Es war das für meinen Fall zuständige Team.

Ich bat meine Eltern, hinauszugehen, in ihrer Anwesenheit wäre ich bestimmt nicht objektiv, Diana hingegen blieb, sie rauchte am Fenster. Die Frau erklärte mir, dass sie mir verschiedene Fragen stellen würde, ich weiß, das ist ein schmerzlicher Prozess, aber ich brauche so viele Details wie möglich, nur so kriegen wir den Täter. Einer der Männer, die standen, stellte sich als Protokollant vor und fragte, ob er sich setzen dürfe. Die Frau führte das Gespräch und sagte, der Mann am Schreibtisch werde ein Phantombild entwerfen.

Ich nenne sie Männer und Frauen, obwohl ich ihre Namen einmal wusste, aber gerade kann ich mich nicht mehr daran erinnern. Die Genauigkeit, die sie in diesen Stunden von mir verlangten und die mir auch möglich erschien, verlor sich in den darauffolgenden Tagen zunehmend.

Als der Protokollant sich setzte, sah ich, dass er eine Waffe trug. Als die Frau aufstand, um auf die Toilette zu gehen, bemerkte ich, dass auch sie eine trug. Ich vermutete, dass der muskulöse, an der Wand lehnende Mann ebenfalls eine besaß. Ich musste mich zusammenreißen, um nicht in Panik zu geraten, musste mir nach jedem meiner Sätze immer wieder sagen: Sie sind zu meinem Schutz hier, sie sind die Polizei, nicht die Bösen.

Diana zündete sich eine weitere Zigarette an.

Die Frau bat mich um einen vollständigen Bericht, erzählen Sie mir alles, was Ihnen einfällt, wie es anfing, wo Sie waren, wie spät es war, wie er aussah, wie er auf Sie zukam, wie er gekleidet war, wie seine Gesichtszüge waren, was er gemacht hat, ob er bewaffnet war, wie seine Stimme klang, was er mit Ihnen gemacht hat, und danach stelle ich Ihnen Fragen.

Es war das erste Mal, dass ich es so ausführlich erzählte. Ich fing auf so nüchterne, objektive Art an, dass ich irgendwann das Gefühl hatte, gar nichts zu sagen. Je mehr ich jedoch erzählte, umso mehr gerieten die zeitlichen Abläufe durcheinander, als wüsste ich die Reihenfolge der Dinge nicht mehr, in welchem Moment er mich zwang, ihm einen zu blasen, ob er mir davor oder danach einen Faustschlag versetzte, ob das vor oder nach meinem Fluchtversuch war. Ich stammelte, zögerte, und die Frau sagte, eine Aussage müsse eigentlich direkt nach dem Verbrechen gemacht werden. Je mehr Zeit vergeht, desto stärker gerät die Erinnerung durcheinander.

Angesichts meiner Schwierigkeiten und der sich abzeichnenden Unsicherheit beschloss sie, zum Phantombild überzugehen. Ich begriff erst nach und nach, dass dies wie ein Puzzle war, das man zusammensetzt. Als Erstes muss der Umriss des Gesichts gezeichnet werden, in meinem Fall oval und länglich, dann die markantesten Kennzeichen — Narben, Bart oder Accessoires — und schließlich werden Augen, Nase, Mund, Augenbrauen und Haare eingefügt.

Der Phantomzeichner hielt das Blatt in meine Richtung und fragte, ob der Mund so richtig sei. Als ich verneinte, stellte er weitere Fragen und zeichnete weiter.

Breiter?

Nein, schmaler.

Hatte er Flecken?

Nein.

War die Oberlippe klar umrissen?

Wie meinen Sie das?

War ihr Umriss klar definiert?

Einigermaßen. Ich meine, nein. Nein, ja.

Ja oder nein?

Vielleicht. Ja. Aber nicht ganz klar.

War er schwarz?

Nein, weiß.

Dunkelhäutig?

Nein, weiß.

Dunkler Typ?

Vielleicht.

Vielleicht?

Ja. Weiß, aber dunkler Typ.

Die Augen?

Können wir an einem anderen Tag weitermachen? Ich bin müde, sagte ich zu der Frau, die fast auf meinen Füßen saß.

Kommt die Verrücktheit mit einem Schlag oder kommt sie in Schüben? Mir war nie klar, ob ein Verrückter verrückt zur Welt kommt, ob er von einem Tag auf den anderen verrückt wird oder erst nach und nach, und wann begreifen wir, dass wir verrückt werden oder kurz davorstehen, oder begreifen wir das vielleicht nie, denn wenn wir es uns fragen, sind wir noch nicht verrückt, ich frage mich jeden Tag, ob ich verrückt geworden bin oder gerade verrückt werde. Diese Geschichte ist vor ein paar Jahren passiert, danach kam die Olympiade, es ging sogar alles gut, ging unerklärlicherweise gut, aber es ging nur einen Monat lang gut, weil Rio zur Zeit der Olympiade nicht es selbst war, es war die Ahnung einer Utopie, diese Schminke, die wir so gut hinkriegen, aber eben nur manchmal, und danach ging es bergab mit der Stadt, ging es bergab mit dem Land, die Politik stellte sämtliche Projekte ein, vorgeschoben wurde immer die Korruptionsbekämpfung, denn die korrupten Politiker wurden in Rio genau zu der Zeit verhaftet, als die Stadt ihr eigenes Inferno erlebte, erstmals war Rio nicht in der Lage, sich selbst zu retten, jenes Rio, das allmählich verrückt wurde, während ich vielleicht auch verrückt geworden war oder noch verrückt werde, doch meine Verrücktheit sieht niemand, Michel und ich haben geheiratet, haben euch bekommen, sind absurd glücklich, und wenn die Leute mich jetzt ansehen, dann sehen sie nicht mehr den Körper einer zerstörten Frau, sie sehen den Körper einer Frau, die mit Zwillingen schwanger war und die ganze Schwangerschaft über nicht aufgehört hat zu joggen, sie sehen den Körper einer Frau, die eine natürliche Geburt und einen Kaiserschnitt hatte, Antonia war schon fast draußen, als sich plötzlich ihr Puls beschleunigte, Martim bereits da, und plötzlich die Narkose, ein Schnitt, meine Hände seitlich am Bett fixiert, das Mädchen brüllt, mein stillender Körper, an jeder Brust ein Kind, die Leute schauen mich an und denken, Wahnsinn, was für ein perfekter Körper, sie erinnern sich nicht einmal mehr an das Ereignis und falls doch, dann relativieren sie es und sagen, aber danach hat sie alles gekriegt, sie hat geheiratet, Kinder bekommen, ist eine wunderbare Mutter, wohnt in einem schönen Haus und ist selbst schön, seht euch diesen Körper an, unvorstellbar, dass er mal so zerstört wurde, zerbrochen, fragmentiert, unvorstellbar, dass diese Frau mal so geschändet wurde, niemand sieht, was ich denke, niemand weiß, dass ich verrückt werde oder vielleicht schon verrückt bin, oder vielleicht wissen sie es und ich weiß nur nicht, dass sie es wissen, nein, sie wissen es nicht, niemand weiß es, nicht einmal ich weiß es sicher, man kann es einfach nicht wissen, ich habe mich wieder zusammengefügt, ich habe mich nicht wieder zusammengefügt, ich füge mich gerade beinahe wieder zusammen, ich werde mich nie wieder zusammenfügen, ich bin immer noch in Stücken, ich bin verrückt geworden, ich werde verrückt, als meine Kinder in meinem Bauch waren, haben sie da einen ganzen Körper gespürt oder einen zerbrochenen, ihr seid zwei wunderschöne, vollkommene Kinder, aber seid ihr wirklich innerlich ganz oder habt ihr auch eine gespaltene Seele, weil ihr Nahrung und Energie von einem gespaltenen Körper empfangen habt?, ist das, was ich an euch sehe, wirklich das, was ihr seid?, ist das, was die anderen an mir sehen, wirklich das, was ich bin?, wisst ihr vielleicht, weil ihr neun Monate meinen Bauch bewohnt habt, dass einmal ein Mann gewaltsam in mich eingedrungen ist, so gewaltsam, dass er bis dorthin vordrang, wo ihr gewachsen seid, in die Gebärmutter, übertragen sich die Traumata der Eltern womöglich auch dann auf die Kinder, wenn wir gar nichts erzählen, beim Ultraschall in der zwölften Woche sagte der Arzt, eins ist ein Junge, beim anderen sieht man es nicht, ich musste sofort an die mexikanische Wahrsagerin denken, *son dos niños iguales*, es sind zwei gleiche Kinder, und atmete erleichtert auf, doch dann, beim Ultraschall in der zwanzigsten Woche sagte der Arzt, wie schön, es ist ein Pärchen, freuen Sie sich, und Michel freute sich, er wollte unbedingt ein Mädchen, vor allem ein Mädchen, und ich tat so, als würde ich mich freuen, aber an den Tagen danach kam die Übelkeit wieder, das Sodbrennen, das blöde Gefühl im Magen, die Müdigkeit, und das war nicht wegen der Schwangerschaft, es war wegen der Sache mit dem Mädchen, das sich da drin bewegte, ich dachte, nein, kein Mädchen, und dann sagte ich mir, dass ich so was nicht denken durfte, weil der Fötus ja alles spürt, so steht es in den Büchern, leidet die Mutter, so leidet auch er, lächelt die Mutter, so lächelt auch er, alles wie die Mutter, immer wie die Mutter, sind Sie sich da ganz sicher, Herr Doktor, sehen Sie das nicht vielleicht falsch, der Schniepel kann sich ja verstecken, schauen Sie nochmal genau hin, der Arzt lächelte, und ich sah ihm fest in die Augen, riss die Augen auf, Herr Doktor, sagte ich, wenn die beiden groß sind, dieser Junge und dieses Mädchen, dann werde ich ihnen sagen müssen, dass ihre Mutter vergewaltigt wurde, da lächelte der Arzt nicht mehr und Michel war peinlich berührt, wie kam ich in einem so freudigen Augenblick nur auf diesen Satz, wir waren doch dort, um zu feiern, nicht um an der Vergangenheit zu rühren, warum sagte ich das, wenn wir das Trauma doch schon überwunden, den Schmerz schon vergessen hatten, jetzt sind wir doch nur noch glücklich, wir kriegen ein Pärchen, das ist alles, was ein Paar sich wünschen kann, und angesichts ihres Schweigens wiederholte ich, Herr Doktor, wenn die beiden groß sind, dieser Junge und dieses Mädchen, dann werde ich ihnen sagen müssen, eure Mutter wurde vergewaltigt, und auf einmal sah der Arzt mich an und seufzte, ach, die Leute denken immer, Kinder sollten alles wissen, Sie können es aber auch einfach nicht erzählen, ehrlich gesagt würde ich es an Ihrer Stelle nicht erzählen, dann wischte der Arzt meinen gelverschmierten Bauch ab und sagte, wir könnten nun gehen, müssten an der Rezeption nur noch auf den Bericht warten, meinen Glückwunsch nochmal zu dem Pärchen, und er drückte Michel kräftig die Hand, und ich wusste nicht, weiß nicht, ob ich verrückt werde oder schon verrückt bin, es ist so schwer zu sagen.

Es war das erste Mal, dass Márcia zu mir nach Hause kam. Sie versuchte, mich zu umarmen, aber ich entzog mich ihr, ich hätte die Umarmung nicht ausgehalten, war schon so oft zusammengebrochen, nun wollte ich mich wieder zusammenfügen, deshalb gab ich ihr zwei Küsschen, wie in der Praxis, sie sollte sich lieber in den Sessel setzen, den ich so platziert hatte, dass er hinter der Couch stand, auf die ich mich legte.

In den ersten drei Jahren der Analyse hatte ich kaum etwas gesagt, manchmal kam ich stumm an und ging stumm wieder, manchmal unterbrach ich die Sitzung mittendrin und sagte, ich gehe jetzt, manchmal wollte ich aufgeben, es macht doch keinen Sinn, fürs Stummsein zu bezahlen, diese Stille, sie in meinem Rücken, was sollte ich sagen, warum sollte ich reden, reden, als wäre ich allein, aber mit einem Schatten hinter mir, einem Schatten, der gelegentlich meine Worte unterstrich, einen Satz, ein Wort herausgriff, Márcia interessierte sich für das, was nicht am richtigen Platz war, und das umkreiste sie, suchte, ausgehend von dem Stein mitten auf dem Weg, nach einem anderen Weg, und erst nach drei Jahren fing ich an zu reden und hörte nicht mehr auf, ich redete beim Reinkommen, redete beim Rausgehen, ich wollte Zusatzstunden, meine waren mir zu wenig, ich wollte 24 Stunden lang nur mit Márcia reden, und auf einmal rief sie mich an, es war ihre Idee, mir bei mir zu Hause zuzuhören, und da war sie nun, saß in meinem Sessel, und ich konnte nicht reden, wollte nicht reden.

Das Schweigen war wie eine Rückkehr an den Anfang, ein Radiergummi für die Analysejahre. Es umfasste all meine bisherigen Themen, die übertrieben enge Beziehung zu meinem Vater, mein Dilemma mit Michel, meine Probleme bei der Arbeit, meine existenziellen Krisen, meine Fragen, meine Zweifel, meine Obsessionen, und es machte alles zunichte. Das Schweigen sagte mir, dass diese ganzen sieben Jahre, die mir immer so förderlich vorgekommen waren, nun keinerlei Bedeutung mehr hatten.

Was von allem, das wir zusammen überlegt, zusammen erarbeitet hatten, konnte mir helfen, das Ereignis zu verstehen?

Mein erstes Wort war: Schluss, und dann schwieg ich wieder. Einige Minuten später wiederholte ich: Schluss. Mit vielem war Schluss, mit meinem Körper, meiner Arbeit, meiner Verliebtheit, meinen Zweifeln, meinen Fragen, mit meinem ganzen Leben war Schluss. Schluss. Das war das Einzige, was ich sagen konnte, stets mit langen Abständen, den Abständen, die ich brauchte, um das Weinen zu unterdrücken. Und jedes Mal, wenn Márcia versuchte, eine Frage zu stellen, jedes Mal, wenn sie darauf bestand, dass ich mehr sagte, unterbrach ich sie und sagte:

Schluss.

Sch-luss.

S-c-h-l-u-s-s.

Nach einer Stunde, in der ich immer nur dasselbe Wort wiederholt oder in Schweigen verfallen war, spürte ich, dass sie sich auf ihrem Sessel bewegte, sie würde gleich aufstehen, ich wusste immer ganz genau, wann sie aufstehen, wann sie den stets gleichen Satz sagen würde, mit dem sie die Sitzungen beendete. Sie bewegte sich also, stand auf, nahm ihre Tasche und sagte, wir machen nächstes Mal weiter. Da verspürte ich eine ungeheure Wut, verspürte einen Hass auf sie, Hass, weil sie zu mir nach Hause gekommen war, Hass, weil sie von mir was hören wollte, Hass, weil es sie gab, Hass, weil sie wegging, Hass, weil sie nichts verstanden hatte, Hass, weil nun alles Schluss war, Hass, weil alles weiterging.

Das war meine Verzweiflung. Die Welt ging weiter, und auch mein Körper, meine Arbeit, meine Liebesbeziehung, meine Zweifel, meine Fragen. Mein Leben existierte noch, obwohl Schluss war. Sie ging, und erst als die Tür ins Schloss gefallen war, fiel mir der Satz wieder ein, der mich auf dem Weg vom Regenwald nach Hause begleitet hatte: Ich bin am Leben.

Nein, so war die Nase nicht, sie war nicht so breit, war schmaler, die Nasenlöcher kleiner, ja, so, die Nasenflügel, nein, nicht so, warum machen Sie nicht, was ich Ihnen sage, wenn ich mir doch sicher bin, natürlich bin ich mir sicher, die Nase hat mich ja fast aufgespießt, ich erinnere mich an die Nase, ich meine, ich glaube, mich zu erinnern, Sie bringen mich ja ganz durcheinander, sagen ständig, dass ich mich gar nicht erinnern dürfte, dass ich eine traumatische Situation durchlebt habe, und in traumatischen Situationen vergessen die Leute, deswegen bin ich jetzt unsicher, aber seine Nase war nicht so breit, da bin ich mir sicher, und ich habe doch schon hundertmal gesagt, dass er nicht schwarz war, bestimmte Dinge vergisst man nicht, er war weiß, vielleicht ein dunklerer Typ, aber keinesfalls schwarz, und die Nase, die müssen Sie schmaler machen, soll ich Ihnen helfen, ich kann gut zeichnen, nein, ich habe nicht Phantomzeichnen gelernt, aber ich bin Architektin, die Nase war nicht so breit, sie war schmaler, ja, so, jetzt wird es langsam.

José fuhr in dem Auto von zwei Zivilpolizisten mit. Ich in dem der Kommissarin und des muskulösen, komplett tätowierten Mannes. Der Wagen, in dem ich saß, fuhr langsam den Berg hoch, die Strecke, die ich wenige Tage zuvor zu Fuß zurückgelegt hatte, bekleidet und unversehrt, und auf dem Rückweg zerrissen und zerbrochen. Es war unfassbar, dass ich wegen eines simplen Joggens vor einer Arbeitssitzung nun gezwungen war, die Strecke in einem Polizeiauto abzufahren, einem zivilen zwar, um die exakte Stelle wiederzufinden, wo die behandschuhten Hände mich aus der Normalität gerissen hatten.

Ich fühlte mich wie in einem Film, das Opfer, das nur deshalb existiert, damit die Spannung sich erhöht und der Held Spuren verfolgen kann, die dem Opfer am Ende die Belohnung bringen, wodurch der Kreis sich schließt und die anfängliche Verzweiflung einen Sinn erlangt, meine Verzweiflung in diesem Fall, das Weinen, das wiederkam, als das Auto sich der Stelle näherte, und der Held, in diesem Fall die Heldin, die Kommissarin mit den Haaren bis zur Taille, sie fragte mich: War es hier?

Noch nicht, sagte ich, noch nicht.

Die Polizei gibt sich offensichtlich alle Mühe. Eine Frau leitet die Ermittlungen, um Identifikation zu ermöglichen, damit ich mich wohler fühle. Sie fragen immer höflich, ob sie etwas sagen, ob sie reinkommen dürfen, und dann fragen sie alles Mögliche, kommen dauernd rein, und ehe ich mich versehe, sitze ich mit ihnen im Auto. Das kommt mir auf einmal alles so billig, so durchschaubar vor, ich fühle mich noch ungeschützter, will einfach nur zurück ins Bett, wo ich mich alleine weniger hilflos fühle als jetzt neben diesen Leuten von der Polizei. Logisch, dass das nicht funktioniert, ihr Bemühen funktioniert nicht, das Übermaß an Realem lässt alles irreal erscheinen, nur ich kann so dumm sein, mich auf diese Ermittlungen einzulassen, wir sind hier in Rio de Janeiro, Brasilien, nicht in einem Hollywoodfilm, hier gibt es nur lose Enden, Kanten, hier ist alles so chaotisch, dass das einfach nicht funktioniert, gar nicht funktionieren kann.

Ich konnte die Stelle genau bestimmen, weil es beim Aufstieg zur Vista Chinesa einen denkwürdigen Ort gibt, eine große Mauer voller Graffiti, bekannt unter dem Namen Mauer der Erleichterung, weil es der Punkt ist, ab dem die Straße nicht mehr so steil und die Vista Chinesa nicht mehr so fern ist. Ein Kilometer fehlt noch, aber man kann sie bereits erahnen. Ich bin immer gern an dieser Mauer entlanggelaufen, weil die Graffiti so bunt sind, und sie lösen eine optische Täuschung aus. Die Farben dringen in deinen Kopf ein, vermischen sich mit den Gedanken, der Musik und den Endorphinen. Ein Mann und eine Frau, die sich küssen, ein riesiger Pilz, ein psychedelischer Baum, ein Wal, ein Mund mit einem Joint. Wer das gezeichnet hat, war bestimmt ziemlich verrückt: ein Wal mitten im Regenwald, ein Blauwal, und alles so bunt, rot, orange, lila, die Farben ziemlich leuchtend, grell, ganz anders als der Regenwald, der nur grün ist.

Dort, wo die Mauer aufhört, spürte ich das kalte Metall an meiner Schläfe, dort packte der mittelgroße oder große blaue oder schwarze Handschuh meinen Arm, ich weiß noch, dass ich das Mauerende sah, vielleicht prallte der Mann sogar gegen die Mauer, vielleicht taumelte er, als er gegen die Mauer prallte, und ich mit ihm. Wie in diesem vierdimensionalen Spiel, das ihr so liebt, vermischten sich die Bilder mit der Realität, und Fiktion und Reales traten in Interaktion, ohne dass der Körper die Räume unterscheiden konnte – genau dort zerrte der Unbekannte mich mit unverständlichen Worten weg.

Die Mauer der Erleichterung liegt in einer Kurve, sagte ich. In dieser Kurve war es. Kaum hatte ich auf die Stelle gezeigt, da wurde mir bereits wieder schlecht, und ich bat darum, nach Hause zurückgebracht zu werden.

Die Kommissarin kam mit, fragte, ob ich okay sei und bat um ein Glas Wasser. Es war heiß, diese feuchte, drückende Hitze, die typische Schwüle der Stadt. Die Männer, also die Polizisten und mein Bruder, blieben im Regenwald. Drei Stunden lang durchforsteten sie den Wald, suchten zwischen trockenen Blättern, Ästen und nahezu gleich aussehenden Bäumen nach Spuren, durchwühlten den Boden, die Erde, den Schlamm, vielleicht hatte ja ein Affe, ein Tukan oder eine fünf Meter lange Boa die hinterlassenen Reste aufgefressen, die Reste, die sie suchten, ein Stück von seiner Kleidung, ein Haar, doch sie fanden nur meine Turnschuhe, die Turnschuhe, von denen ich dachte, er hätte sie mitgenommen, um meine Begegnung mit dem Asphalt hinauszuzögern, warte eine Viertelstunde und geh dann los, und die ganze Zeit über, in den Minuten oder Stunden, die ich dort im Regenwald herumirrte, spürte ich das Gewicht der kalten Waffe, bis meine nackten Füße wieder den weichen Asphalt unter sich spürten.

Das Kaliber des Revolvers, 38, 82, 85, 86, 88, 444, 608, die Größe des Revolvers, klein oder groß, die Farbe des Revolvers, schwarz oder grau, neu oder gebraucht, meinen Sie etwa, ich verstehe was von Revolvern, Revolver sind für mich alle gleich, Revolver ist Revolver, keine Ahnung, was für ein Kaliber, ich habe doch noch nie einen Revolver in der Hand gehabt, nie einen Revolver gespürt, wenn ich Ihnen Bilder zeige, können Sie ihn dann identifizieren, vielleicht, dann sehen Sie sich doch die hier mal an, und ich sah sie mir an, ich schwöre, ich sah sie mir an, und selbst auf all den Bildern sahen die Revolver für mich alle gleich aus, Revolver ist Revolver, ich kann nur sagen, dass es der hier nicht war, der 608er?, ja, der 608er, der Lauf war nicht so lang, ich erinnere mich, dass er seine Hand auf meinem Kopf abstützte, neben dem Revolver, der Lauf muss also kurz gewesen sein, tut mir leid, aber ich hab es ja schon gesagt, ich bin müde, kann nicht mehr richtig denken, ja, ich strenge mich an, und ich erinnere mich gut, auch wenn Sie sagen, dass ich mich nicht richtig erinnere, aber ich erinnere mich an alles oder fast alles, aber ein Revolver ist für mich einfach nur ein Revolver, hat nur einen Namen, wussten Sie, dass die Eskimos mehrere Wörter für das Wort „weiß" haben, weil jeder Weißton für sie eine andere Farbe ist, wir kennen ja nur ein Weiß, alle Varianten von Weiß werden weiß genannt, also ist es dasselbe.

Ich wachte von den Stimmen der Polizisten in meiner Wohnung auf. In jener Zeit gehörte das, was einmal meins war, nicht mehr mir. Zuallererst mein Körper, und dann meine Wohnung, die Leute kamen und gingen. Manchmal nutzten sie nicht mal mehr die Gegensprechanlage, Severino ließ sie herein, und ich wurde von der Klingel an der Wohnungstür geweckt. Und ich war völlig lethargisch, weil ich mehr Frontal nahm, als Bruno mir empfohlen hatte. Früher war ich immer so stolz darauf gewesen, dass ich alles so gut im Griff hatte, die organisierte, disziplinierte Architektin, ich kannte meine morgendlichen Gedanken, meine nächtlichen, aber jetzt hörte ich auf einmal Stimmen, hörte die Tiere aus dem Regenwald, den Wind über den Baumwipfeln, meine nackten Füße auf den Blättern.

Ich war auf dem Sessel eingeschlafen, mein Nacken schmerzte. Ich erinnere mich, dass ich meine in Plastik eingewickelten Turnschuhe auf dem Couchtisch sah. Und ich erinnere mich, dass ich Josés Hand auf meinem Kopf spürte, er streichelte mich. Hast du Omas Kette gefunden?, fragte ich. José schüttelte den Kopf und sagte, um mich zu beruhigen, Mama kommt gleich.

Wenige Minuten später kam sie mit einem Kuchen in der Hand herein. Sie hatte wohl nicht damit gerechnet, so viele Leute in der Wohnung vorzufinden, doch sie ließ sich ihre Überraschung nicht anmerken. Damals wohnte ich in einem kleinen Appartement mit nur einem Schlafzimmer und einem schmalen Wohnzimmer mit integrierter Küche. Die drei Polizisten und die Kommissarin standen plaudernd herum. Meine Mutter stellte ihren Kuchenbehälter auf die Küchentheke, nahm den Deckel ab und fragte, wer möchte?

Die Stimmung war entspannt, jeder hatte sein Stück Kuchen in der Hand, Napfkuchen mit Schokoladenstückchen, den Kuchen hat meine Mutter immer gemacht, als ich klein war, und jetzt macht sie ihn für euch, und ihr liebt ihn, diesen Kuchen, den ich später nicht mehr essen konnte, der damals aber das Einzige war, das mir schmeckte, der Kuchen meiner Mutter, warm musste er sein, und wenn er kalt war, packte ich ihn in die Mikrowelle, damit er mir ein wenig Trost spendete.

Sie waren alle gut drauf — sogar meine Mutter, die das Geheimnis preisgab, wie man den Teig so weich hinkriegt, und José, der Kaffee ausschenkte, um diesen kleinen Snack der Polizisten perfekt zu machen —, und niemand bekam mit, dass ich ins Bad ging. Ich stellte die Dusche an, nur damit ich die Stimmen aus dem Wohnzimmer nicht mehr hören musste, und setzte mich, das Gesicht zwischen den Händen vergraben, auf die Toilette. Für die war das ein Job, eine Aufgabe, und jetzt machten sie Pause, tranken Kaffee und aßen ein Stück Kuchen, wie ich es im Büro auch machte, wenn ich müde war vom Plänezeichnen, wenn mir die Augen brannten vom Computerlicht.

Für sie war das alles Routine, und deshalb waren die Kaffeepause, der banale Smalltalk, die lustige Geschichte, die jemand erzählte, und das Lachen hinterher völlig normal. Doch meine Routine, meine Banalität waren durchbrochen worden. Ich wollte all diese Menschen nicht in meiner Wohnung haben, ich wollte diese Leute von der Polizei, die in einem an mir verübten Verbrechen ermittelten, nicht den Napfkuchen meiner Mutter essen sehen.

José klopfte laut an der Badezimmertür und kam herein, er kniff die Augen zusammen und kämpfte mit den Händen gegen den Dampf an. Ich hob den Kopf, unsere Blicke begegneten sich, und er fragte, alles in Ordnung? Ich hasste diese Frage, wollte sie weder hören noch darauf antworten, doch als ich erfuhr, dass die Kommissarin und die Polizisten gegangen waren, wurde ich etwas ruhiger, und als ich mich dann zwischen José und meine Mutter ins Bett legte und endlich mein Stück warmen Kuchen aß, dachte ich, dass es selbst, wenn nichts gut ist, Augenblicke gibt, in denen alles gut ist.

Ich habe Bilder von verschiedenen Nasentypen mitgebracht, sagte der Phantomzeichner und verteilte ein paar plastifizierte Blätter auf dem Tisch:

Die nubische Nase ist lang, absolut gerade, und ihre Spitze zeigt nach unten.

Die griechische Nase ist schmal und lang.

Die Hakennase ist wie der Schnabel eines Vogels. Sie krümmt sich vom Beginn des Nasenbeins bis zur Spitze.

Die gebogene Nase ähnelt der Hakennase, ihre Spitze ist aber leicht nach oben gebogen.

Die Stupsnase ist klein und zart.

Die gerade Nase ist flacher, mit breiten Nasenflügeln und runder Spitze.

Die konkave Nase ist klein und hat eine leichte Wölbung am Nasenbein.

Die krumme Nase hat ein unregelmäßiges Nasenbein und eine abgerundete Spitze.

Könnten Sie bitte auf die Nase zeigen, die am ehesten aussieht wie die des fraglichen Mannes?

Irgendwie hat es mich gestört, dass ich die Kommissarin immer nur Kommissarin nannte, ich fand, sie war zu wichtig, um namenlos zu sein, also habe ich euren Vater gefragt, ob er sich noch an den Namen der Kommissarin erinnert, die immer in die Wohnung kam, in der ich vor unserer Hochzeit gewohnt habe, vor euch, und er antwortete, ich glaube, sie hieß Gilda. Gilda hieß sie sicher nicht, Gilda heißt meine Tante. Ach ja, stimmt, seufzte er, wenn sie nicht Gilda hieß, dann hieß sie, warte ... Regina? Gabriela? Warte, ich hab's gleich, Do, Du, Dulcineia! Ja, brüllte ich, Dulcineia! Er wollte wissen, weshalb ich fragte, und ich sagte, ich würde über die Sache schreiben, und er sagte, aber du bist doch keine Schriftstellerin, und ich antwortete, es ist nur ein Brief, und er fragte, ein Brief an wen?, und ich antwortete, an unsere Kinder, und er erwiderte, warum musst du nur immer in der Vergangenheit wühlen?, und ich sagte, dass ich gar nicht in der Vergangenheit wühlte, sondern in der Gegenwart.

Wenn ich es mir genau überlege, ist das eigentlich kein Brief. Eher ist es ein Zeugnis. Nein, kein Zeugnis. Ein Testament. Das Testament, das ich euch nicht hinterlassen will.

Als ich schwanger war, sah ich auf der Straße nur noch Schwangere, als hätten plötzlich alle Frauen beschlossen, Kinder zu kriegen. Sie gingen an mir vorbei, lächelten, ich lächelte zurück, und gleich darauf beneidete ich sie um ihr Lächeln, es war ein aufrichtiges Lächeln, sie waren ja schließlich glücklich, weil sie schwanger waren, weil sie ein Kind in sich trugen, sie hatten schönes Haar, eine schöne Haut, ein Strahlen im Blick, und ich, die ich gleich zwei Babys in mir trug, ein Pärchen, und ich, die ich endlich das hatte, was ich wollte, ich hasste es, schwanger zu sein. Na ja, den Gedanken mochte ich schon. Manchmal, wenn ich im Bett lag, fuhr ich mit der Hand über den Bauch, und dann wurde ich rührselig. Aber dass ich gleich zwei Babys im Bauch hatte, das kam mir so archaisch vor, so schlecht gemacht seitens der Natur, so dämlich. Wir lernen in der Schule, dass Säuger hochentwickelte Wesen sind, aber hochentwickelt sind für mich eher die Eierleger, sie legen ein paar Eier ab, und kurz darauf kommen ihre Jungen zur Welt, sie brauchen keine neun Monate zu warten, haben keine Rückenschmerzen, ihre Haut wird nicht streifig, sie haben keine Blähungen, keine Schlaflosigkeit, Albträume, Atemnot, Übelkeit, Sodbrennen, Müdigkeit, eine so große Müdigkeit, dass ich überall einschlief, vor dem Computer, in der Bar, selbst im Gehen schlief ich ein, und ständig musste ich mich erklären, mich rechtfertigen, weil so viele Schwangere hier ganz normal weiterleben, sie arbeiten, schlafen, tanzen, es gibt so viele superfitte Schwangere, die nicht darauf bestehen, dass sie in der Schlange auf der Bank oder im Supermarkt zuerst drankommen. In den sozialen Netzwerken war es dasselbe, auf einmal waren alle schwanger, aber dafür gibt es eine Erklärung, denke ich, es genügt, bei Google Windel, Krippe oder Kinderwagen einzugeben, und schon erscheinen nur noch Fotos von Schwangeren und Babys. Von wunderschönen, geschminkten, halbnackten Schwangeren, Photoshop-Bilder von Starfotografen, ohne Flecken, ohne Streifen, mit kräftigem Haar, gesund. Ich betrachtete mich im Spiegel und sagte, ich bin keine solche Schwangere, ich bin keine Schwangere wie die anderen, vielleicht sind diese Flecken ja die Zeichen meines Körpers, dachte ich, die Zeichen, die jetzt rauskommen, vielleicht bewirkt die Schwangerschaft ja, dass ich nun nichts mehr verstecken kann, nein, das ist überinterpretiert, es steht doch in den Büchern, diese Flecken sind ganz normal, genauso wie die Streifen und die Müdigkeit, nur eben nicht bei allen Frauen, und dich hat es erwischt. Ich drehte mich zu Michel um und sagte, ich habe einen Fototermin ausgemacht. Ich hatte gedacht, dass er es ablehnen würde, er hasst diese Art von Fotos, aber ich betonte, der Fotograf ist ein Künstler, er hat mir versichert, dass er uns keines dieser lächerlichen Alben machen wird, und unerwarteterweise stimmte Michel zu, er lächelte sogar, offensichtlich gefiel ihm die Idee. So gingen wir also frühmorgens in den Regenwald, in die Floresta da Tijuca, und auf einmal zog Michel zwei Masken von wilden Tieren aus seinem Rucksack, reichte mir eine und setzte die andere auf, der Fotograf rief, genial!, und wir machten Fotos von wilden Tieren, denn genau so fühlte ich mich, als alles, nur nicht als Mensch, und als die Fotos kamen, waren sie das Schönste, was ich je gesehen hatte, ich spürte eine so aufrichtige Rührung in meiner Brust, als würde ich einer verlorenen Identität begegnen, und dieses Gefühl verstärkte sich mit jedem Foto, das ich bei Facebook und Instagram hochlud, die Kommentare überschlugen sich, wow, wie stark, wie schön du bist, wie gut dir die Schwangerschaft steht, ein Haufen Herzen, die Schwangere mit Maske, die wilde Schwangere, die tierische Schwangere, und auf einmal war ich eine glückliche Schwangere, eine absurd glückliche Schwangere, ich hatte mich noch nie so hübsch gefühlt, so eins mit meinem Körper, wie schön war es doch, schwanger zu sein, noch dazu mit Zwillingen, eine Freude.

Mit diesen Masken spielt ihr jetzt so gern. Ihr rennt als wilde Tiere durchs Haus, schreit und jault, mit genau diesen Masken, die eure Mama und euer Papa für die Fotos in der Floresta da Tijuca verwendet haben und die heute in eurem Zimmer hängen.

Ich recherchierte ein bisschen im Internet und entdeckte die Nasenbilder, die mir der Phantomzeichner vorgelegt hatte. Daneben gab es eine Persönlichkeitsbeschreibung der Träger dieses Nasentyps.

Nubische Nase — Menschen mit dieser Nase sind neugierig und optimistisch, sie versuchen, es anderen Menschen rechtzumachen. Sie wollen für alle Probleme eine Lösung finden.
Griechische Nase — praktisch veranlagte, loyale Menschen, denen es jedoch schwerfällt, offen über ihre Gefühle zu sprechen. Sie wirken manchmal verschlossen.
Hakennase — Menschen, die leidenschaftlich für ihre Ideale kämpfen und keine Risiken scheuen, um ihre Ziele zu erreichen.
Gebogene Nase — auf die Arbeit fixierte und äußerst organisierte Menschen.
Stupsnase — Menschen mit einer solchen Nase sind sehr spontan in ihren Entscheidungen, was ihre Mitmenschen irritieren kann.
Gerade Nase — Diese Menschen haben tendenziell eine starke Persönlichkeit. Sie können leicht erregbar sein.
Konkave Nase — großzügige, stets hilfsbereite Menschen. Aufgrund ihrer Sensibilität sind sie leicht zu beleidigen und zu verletzen.
Krumme Nase — Menschen mit dieser Nase können gut zuhören und sind gute Freunde und Partner. Sie streben nach Bodenständigkeit.

Und nun: Welche Nase sieht so aus wie die des fraglichen Mannes?

Ich bekam mit, wie einer der Polizisten Michel ins Ohr flüsterte, der Unbekannte müsse, bevor er offiziell verhaftet und ihm der Prozess gemacht werde, zuerst Michel gegenübertreten. Der Polizist war der Meinung, Michel hätte das Recht, mit dem Mann abzurechnen, der die körperliche Reinheit seiner Frau zerstört hatte. Eine Sache zwischen Männern. Michel könne mit ihm machen, was er wolle, ihm eine reinhauen, ihm die Zähne ausschlagen, ihm in den Sack treten. Das Gesetz sei schwach, sehr schwach, käme den Angeklagten entgegen, und die Polizei sorge dafür, dass das Gesetz des Mannes eingehalten werde, das Gesetz unserer Instinkte, nicht dieses lächerliche Gesetz auf dem Papier.

Michel erzählte mir nichts davon, und ich ihm auch nicht, ich habe nicht die geringste Ahnung, was in ihm vorging, ob er mit dem Unbekannten allein sein wollte oder nicht, doch an dem Nachmittag konnte ich an nichts anderes mehr denken. Wie würde ich reagieren, wenn der Polizist mir sagen würde, Sie können jetzt mit ihm machen, was Sie wollen, verfügen Sie über seinen Körper, wie es Ihnen beliebt, er muss nur am Leben bleiben, denn er muss ins Gefängnis kommen, die Zeitungen müssen ihn im Gefängnis zeigen können, unsere Pflicht ist erfüllt, machen Sie jetzt mit ihm, was Sie wollen. Fausthiebe? Fußtritte? Kratzer? Oder ihn besser gleich anzünden? Sein Auge durchbohren? Was würde ich tun, wenn ich den Unbekannten noch einmal vor mir hätte, diesmal in Handschellen, allein mit ihm in einem Zimmer wäre, wo mich aber jederzeit die Polizisten retten konnten, wo ich sicher wäre, auf der Wache, nicht im Regenwald, aber wieder nur wir beide, nur könnte jetzt ich mit ihm machen, was ich wollte. Ich sagte mir, ich bin gegen die Todesstrafe, bin gegen Auge um Auge, Zahn um Zahn, ich darf so was nicht mal denken, ich darf den Unbekannten nicht verprügeln, den Unbekannten nicht töten, dem Unbekannten nicht den Schwanz abschneiden wollen, damit er das nie wieder mit einer Frau macht, damit er nie wieder seinen Schwanz irgendwo reinsteckt, damit er nie wieder Lust empfindet, ich darf nicht denken, dass ich gern eine Motorsäge nehmen und seinen Schwanz abschneiden würde, sein Körper für immer verstümmelt, genau wie meiner.

Das Gelände, auf dem der olympische Golfplatz errichtet wurde, war früher, vor Jahrzehnten, eine Fabrik für CIEPs, für Integrationszentren der öffentlichen Bildung. Die dort vorfabrizierten Bauteile für die CIEPS wurden auf andere Baustellen und in andere Stadtteile gebracht und dort Stück für Stück aufgebaut, bis die Gebäude standen und funktionsbereit waren. Aber das war vor langer Zeit, als Brizola hier Gouverneur war.

Der Besitzer des Geländes war ein Magnat, einer der Herren der Barra da Tijuca. Auf eine Anzeige von Umweltschützern hin leitete die Staatsanwaltschaft von Rio de Janeiro Ermittlungen wegen des Verdachts auf übermäßige Vorteilnahme beim Bau des olympischen Golfplatzes ein. In dem Dokument hieß es, es bestehe ein deutliches Missverhältnis zwischen dem Gewinn seitens des Besitzers und dem Verlust oder dem entgangenen Gewinn seitens der Gemeinde.

Die Umweltschützer behaupteten, es handele sich nicht nur ein Umweltverbrechen, vielmehr strichen die Bauunternehmer auch übertriebene Profite ein, da die Baukosten sich nur auf circa sechzig Millionen Real beliefen, während das Gewinnpotenzial bei einer Milliarde Real liege.

Am Anfang war es nur der Geruch. Sein Geruch, der Geruch nach Jackfrucht, ein Geruch, den ich bis heute spüre, an den unmöglichsten Orten, im Urlaub in Mexiko bei einer Margarita am Meer, plötzlich ist er da, genau der Geruch, den ich spürte, als ich im Regenwald herumlief. Ich kann es nicht steuern, er kommt, wann er will, wo er will. Wenn ihr mich jetzt bitten würdet: Erinnere dich an den Geruch, ich würde es nicht schaffen. Er entscheidet, wann ich mich an ihn erinnern soll. Anders ist es, wenn man mich bittet: Erinnere dich an den Typen, dann erinnere ich mich.

Als Dulcineia mich fragte, warum ich am Nachmittag joggen gegangen war, wo ich doch sonst immer morgens joggte, schwang für mich darin ein merkwürdiger Ton mit. Vielleicht wurde ich ja schon paranoid, keine Ahnung, die Polizei, man kennt das ja, wer vertraut in Rio schon der Polizei?, aber sie ließ einfach nicht locker, warum waren Sie am Nachmittag joggen, wenn Sie doch sonst immer morgens joggen gehen?, als könnte der Schlüssel zu dem Verbrechen in meiner Antwort liegen. Eigentlich wollte ich ins Fitnesscenter, sagte ich und sah in ihren Augen eine Neugier, eine Verwunderung aufblitzen, wenn Sie ins Fitnesscenter wollten, warum sind Sie dann an der Vista Chinesa joggen gegangen? Die Sitzung, antwortete ich. Die Sitzung wurde verschoben, wurde vorverlegt, Cadu ... Wer ist Cadu? Cadu hat mich kurz vorher angerufen, ich war gerade losgegangen und musste dann wieder zurück, das mit dem Fitnesscenter hätte ich nicht mehr geschafft. Ist es so weit weg? In Gávea. Bis ich das Auto geholt und geparkt, bis ich trainiert, geduscht und wieder zurückgefahren wäre, womöglich mit Stau, das wäre zu riskant gewesen. Zu riskant?, erwiderte Dulcineia ironisch. Sie denkt bestimmt, ich will nicht kooperieren, dachte ich, schließlich ist der Handschuh mal dünn, mal dick, mal blau, mal schwarz, die Nase mal klein, mal groß, und noch immer weigerte ich mich standhaft, mir Fotos von Verdächtigen anzusehen, doch der Ton der Frage, dieser fast anschuldigenden Frage, warum waren Sie am Nachmittag joggen, wenn Sie doch sonst immer morgens joggen gehen?, gefiel mir nicht. Ja, ich wusste, dass es am Nachmittag gefährlicher war, aber ich hatte aus dem Fenster geblickt, die strahlende Sonne zwischen den Bäumen gesehen und gedacht, es sei kein Problem. Sie dachten, es sei kein Problem? Ja, antwortete ich, bereits gereizt. Aber es war ein Problem, sagte sie. Ja, gab ich zu, es war ein Problem. Und da beschloss ich, mich beim nächsten Mal, wenn sie wieder ein Foto von einem Verdächtigen hätte, darauf einzulassen, ihn mir anzusehen, wer weiß, vielleicht hatte sie ja recht, vielleicht sah man die Leute besser in echt, auf Fotos erkennt man sie nicht immer, und sie hatten ja viel mehr Erfahrung als ich, hatten ständig mit Verbrechen zu tun, mit Verdächtigen,

Opfern, Angeklagten, und ich machte immer alles kompliziert, kooperierte nicht, aber ich werde kooperieren, das sagte ich mir in dem Augenblick, bevor sie sich verabschiedete und meine Wohnungstür zuzog.

Am selben Abend kam meine Mutter ins Wohnzimmer gestürmt, stellte ihre Tasche auf dem Sofa ab und umarmte mich, ich war benommen von den Tabletten, die ich nach dem Besuch der Kommissarin eingenommen hatte, mir war übel von dem Cocktail, und die Übelkeit vermengte sich mit der Übelkeit von der Erinnerung an das Ereignis, mein Körper schlaff, ohne Halt, ein Körper, der zerfiel und von dem ich wollte, dass er verschwand. Sie umarmte mich fest, als wollte sie, im Gegensatz zu mir, die Konkretheit meines Körpers, die athletische Festigkeit meiner Muskeln, die gesunde, starke Tochter, die unermüdliche Tochter, die Tochter, die sich ohne Angst in der Stadt bewegte, sie wollte mich wie früher, heil, und je mehr sie mich umarmte, umso sicherer wusste ich, dass sie diese Tochter nie mehr zurückbekommen würde. Nicht so zumindest, wie ich einmal war. Ein Teil von mir, ein großer Teil von mir, war im Regenwald zurückgeblieben, verloren, zerstückelt, Fleischreste, Fressen für die Tiere.

Wenn ich auf dem Polizeirevier allein wäre mit dem Unbekannten, wenn er in Handschellen vor mir säße, dann würde ich ihn verprügeln, ihn schlagen, bis sein Gesicht entstellt wäre und niemand ihn je wiedererkennen würde, nicht einmal meine Erinnerung. Wenn ich auf dem Polizeirevier allein wäre mit dem Unbekannten, würde ich ihn mit dem Messer zerstückeln, ihm die Eingeweide herausreißen, auf dem Boden Blut, seine Stimme ersterbend, bis er sein Leben aushauchen würde. Vorher würde ich noch seinen Schwanz aufhängen, nein, ich würde ihm den Schwanz abschneiden und in seinen Mund stecken, damit ich kein Stöhnen hören muss. Aber gesagt habe ich das nicht. Nicht einmal gedacht.

Als ich nach der Vergewaltigung das erste Mal vor Michel nackt war, dachte ich: Nun sieht er die ganze Wahrheit auf meinem Körper. Jetzt weiß er es, ja, denn mein Körper kann das, was ich nicht erzählt habe, nicht verbergen. Ich deckte mich wieder zu, er umarmte mich, sagte, ich solle Geduld haben, mit der Zeit werde alles wieder in Ordnung kommen. Wir haben es doch nicht eilig, sagte er.

Als ich das zweite Mal vor Michel nackt war, dachte ich dasselbe. Ich deckte mich nicht sofort wieder zu, aber ich deckte mich zu. Beim dritten, vierten, fünften Mal dasselbe Gefühl, und er sagte mir jedes Mal, dass er Geduld hätte. Ich hatte aber keine, und so trainierte ich mich nach und nach, zwang mich, mehr und mehr zuzulassen und dachte: Irgendwann ist das vorbei, irgendwann ziehe ich mich aus und denke nicht mehr, dass er jetzt sieht, dass ich vergewaltigt wurde.

Die Narbe vom Kaiserschnitt stört mich nicht. Diese krumme, verdickte Linie stört nicht mein ästhetisches Empfinden, doch dieser Dienstag im Regenwald hat sich nicht nur wie erwartet in meine Seele eingebrannt, er wurde auf meinem Körper abgedruckt. Es steht alles auf meiner Haut geschrieben, ich weiß es, alles, was passiert ist, selbst die Details, von denen ich behauptet habe, ich hätte sie der Polizei erzählt, die ich aber nie erzählt habe, weil man nie alles erzählt, ein Teil fehlt immer.

Dieser Dienstag wirkte sich auf mein Äußeres aus, als könnte mein Körper nie mehr dieser Körper sein, für den ich immer die Vista Chinesa rauf- und runtergerannt war. Es gibt Tage, da denke ich, das geht vorbei, irgendwann werde ich nicht mehr dieses Unbehagen vor dem Spiegel empfinden, werde wieder hübsch sein, meinen Körper gern zeigen, denn letztlich ist alles, wie euer Vater immer gesagt hat, eine Frage der Geduld.

Der Phantomzeichner hielt mir das Phantombild hin, ich wich zurück, setzte mich aufs Sofa, hatte Atemnot, Dulcineia brachte mir ein Glas Wasser, ich bekam wieder Luft, nahm das Blatt, das fertige Phantombild, in die Hand, vor mir war der Mann, der Unbekannte, ja, er war es, sah ihm wirklich sehr ähnlich, war fast identisch, das Gesicht vielleicht ein wenig runder, der Mund vielleicht ein wenig schmaler, aber ja, er war es, nach all den Stunden, in denen ich auf die Fragen des Phantomzeichners geantwortet hatte, war da nun endlich das Bild, der Mann, der Unbekannte, direkt vor mir, nur eben auf Papier. Hiermit wird alles einfacher, behauptete Dulcineia, wir kriegen ihn. Noch besser wäre gewesen, Sie hätten nicht geduscht, aber ein gut gemachtes Phantombild ist schon die halbe Miete, wir kriegen diesen Typen, vertrauen Sie mir, Sie werden diesen Typen noch hinter Gittern sehen, sagte sie, und aus ihren Augen sprühte Rachlust. Und noch was: Meine Männer sind nochmals in den Wald gegangen, sie haben Ihre Kette gefunden, sie wird gerade noch untersucht, wir hoffen auf irgendeine Spur, die uns zu dem Täter führt, sobald es was Neues gibt, melde ich mich bei Ihnen. Die Kette von meiner Großmutter, rief ich aus, glücklich, dass sie gefunden wurde, aber auch besorgt, weil sie nicht da war, weil sie ohne meine Zustimmung auf die Wache gebracht worden war.

Am nächsten Tag erschien das Phantombild in der Zeitung, mit einem kurzen Bericht. Mein Name wurde nicht genannt, aber es hieß, das Opfer arbeite an einem Projekt für die Olympiade 2016 in Rio. Ich starrte auf den Typen, bis das Bild verschwamm, bis die Umrisse sich verloren und es sich zersetzte. Das war ein Spiel, das ich zu der Zeit immer machte, ich kniff die Augen zusammen und konzentrierte mich auf irgendeinen Gegenstand, bis er sich auflöste. Das tat ich auch mit dem Mann, dem Unbekannten, und er verwandelte sich in weiße Kügelchen in der Luft.

2

Sechs Monate nach der Vergewaltigung war ich immer noch niedergeschlagen. Die Zeit linderte nicht den Schmerz, er war stets präsent, und zwar ab der Sekunde, in der ich die Augen öffnete, in der das Morgenlicht durch die Fensterritzen drang und die Vögel in den Bäumen zwitscherten. Also schlug Michel vor, dass wir eine Reise machten. Wir könnten doch an einen Strand in Bahia fahren, vielleicht an den von Boipeba oder Caraíva, ich sollte mir einfach was aussuchen, er würde sich dann darum kümmern. Ich nahm seine Hände, lächelte irgendwie nachsichtig, sein Vorschlag rührte mich, aber ich war mir absolut sicher, kein noch so paradiesischer Strand konnte den Druck von meiner Brust nehmen, der mich täglich quälte.

Eine Woche später sagte ich ihm, dass ich gern nach Mexiko fliegen würde, denn das wünschte ich mir, seit meine Großmutter gestorben war, die mir immer von der Zeit erzählt hatte, die sie dort verbracht hatte, eine sehr ferne Zeit. Wir waren uns einig, dass Mexiko-Stadt nicht der ideale Ort für einen Erholungsurlaub war. Ich schlug Tulum vor, karibische Strände und alte Maya-Stätten. Sonne und Ruinen. Seine Augen lächelten, und er machte sich sofort an die Planung. Damals versuchten die Menschen um mich herum, mir Ziele vorzuschlagen, mir einen Sinn in etwas Greifbarem zu vermitteln, damit ich bereit wäre, weiterzumachen. Jedes Mal, wenn wieder jemand glaubte, meine Rettung gefunden zu haben, konnte ich das Lächeln in seinen oder ihren Augen sehen. Und das war mein Ziel, war der Sinn, der mich nicht im Sofa versinken ließ, während meine Stadt sich gerade neu aufstellte für etwas Grandioses.

Wir wählten das Klischee — tolle unbekannte Strände für einen Neuanfang —, aber wenn man traurig ist und ins Leben zurückfinden will, fragt man sich nicht, ob man gerade etwas Naheliegendes tut. Wir flogen nach Cancún, wo wir ein Auto mieteten und dann nach Tulum fuhren. Auf der Fahrt dorthin sahen Michel und ich uns manchmal schweigend an, unser Wunsch, dass der Plan aufging, war so groß, doch groß war auch die Angst, dass er scheiterte.

Der Eingang zum Hotel war das Verblüffendste, was ich je gesehen hatte. Eine übergroße Holzstatue einer Indigenen, die sich mit ihren Händen die Brust aufriss. Als würden wir ihren Körper invadieren, gelangten wir auf einen von Pflanzen gesäumten Weg. Wir fuhren weiter und erreichten die Rezeption. Eine Erleichterung, ja, fast Freude überkam mich, als ich den jungen Mann hinter der Theke reden hörte, er war sehr dunkel, hatte glattes, schwarzes Haar und war von einer Liebenswürdigkeit, die wir fortan überall erleben sollten: Er weiß nichts, dachte ich. Er weiß nicht, wer ich einmal war und zu wem ich geworden bin. Er weiß nicht, was mit mir passiert ist. Niemand hier weiß es.

Mit diesem Gefühl von Freiheit lief ich weiter zu unserem Bungalow, einer freistehenden Hütte am Strand, mit Baumstämmen am Eingang, einem Strohdach und rustikaler Ausstattung; in der Mitte ein Bett, umgeben von einem Moskitonetz. Um den Bungalow herum eine tropische Unendlichkeit von Bäumen und Pflanzen. Vor uns das blaue, kristallklare Meer. Eine Szenerie, in der alles stimmte, die diskret in die Natur eingefügte Architektur, das Geräusch der Wellen, der wolkenlose Himmel.

Auf dem Bett lag eine Karte mit den Angeboten des Hotels, sie reichten von Massagen und mexikanischen Reinigungsbädern bis zu Yoga-Stunden und Wanderungen, eine Mischung aus Mexiko und Indien. Ich sah auf die Uhr, bis zur Meditation war es noch eine gute Stunde. Ich dachte, das könnte ein guter Einstieg in diesen Urlaub sein. Michel wollte sich lieber ausruhen.

An der Eingangstür zu dem Haus standen zwei große Holzelefanten. An der hinteren Wand des kleinen, nach Weihrauch riechenden Saals ein Altar mit indianischen Figuren. Acht Teppiche waren über den Raum verteilt, nur zwei davon waren noch frei. Ich setzte mich auf einen davon und lächelte der Anleiterin zu, sie lächelte zurück, während die anderen Anwesenden mit geschlossenen Augen verharrten, die Hände übereinandergelegt, die Handflächen nach oben, in einer der Meditationsmudras. Ich imitierte ihre Haltung, und kurz darauf lenkte die Yoga-Lehrerin unseren Atem, zunächst in den Bauch, dann höher, um Rippen und Brust zu öffnen. Wenn der Geist flieht, dann bringt ihn zurück in den Atem, sagte sie.

Der Geist flieht, und ich atme, der Geist flieht, und ich atme. Mit den Händen auf der Brust wiederholen wir dreimal das "Om", und dann bittet uns die Anleiterin, die Augen zu öffnen. Sie erklärt uns, dass wir in den nächsten zwanzig Minuten ein Mantra aufsagen werden, und falls uns der Lotussitz unbequem ist, können wir auch ein Kissen oder einen Yogablock nehmen. Ihre Stimme leitet das Ganze an, lasst die Gedanken ziehen, klammert euch an kein Bild. Niemand kann im Geist leer werden, der leere Kopf sind die Gedanken, die vorbeiziehen wie ein Zug, der niemals hält, der nur durchfährt. Wenn ihr merkt, dass ihr in einem Bild gefangen seid, dann konzentriert euch auf eure Atmung. Je mehr ich mich auf meine Atmung konzentriere, umso mehr bleibt das Bild bestehen, das ewig gleiche Bild, die fixe Idee. Ich wiederhole das Mantra, denke an meine Atmung, doch das Bild geht nicht weg, der Zug steht im Bahnhof, ich kann nicht meditieren, ich mache die Augen auf, sehe, wie die anderen mit geschlossenen Augen Bilder vorbeiziehen lassen, schließe die Augen wieder, das Bild ist immer noch da. Wer bestimmt hier, ich oder meine Erinnerung, entscheide ich oder sie, was erinnert werden soll, gehört die Erinnerung mir oder ist sie ein unabhängiges Wesen, das sich, selbst wenn ich versuche zu meditieren, in mir einnistet? Ich atme, zuerst in den Bauch, dann in die Rippen, dann in die Brust, das Bild geht nicht weg, ich öffne und schließe die Augen, es bleibt da, und auf einmal ist da ein lautes Schluchzen, unkontrollierbar kommt es aus meinem Hals, einmal, zweimal, dreimal hintereinander, ich kann es nicht verhindern, und nach und nach machen zwei, drei dieser Menschen die Augen auf und drehen sich zu mir um. Ich versuche, sie nicht anzusehen, bis eine aufsteht und mich mit ihren Armen umfängt, dann eine weitere, der ganze Saal, all diese Menschen, die ich nicht kenne, diese Touristen, die gekommen sind, um am blauen Meer zu entspannen, und ich bereue zutiefst, dass ich geschluchzt habe, dass ich mich jetzt in dieser Situation befinde. Ich will keine unbekannten Leute umarmen. Ich will aufstehen und in mein Zimmer zurückgehen. Ich igle mich ein, umschlinge meine Beine, die Menschen stehen allmählich wieder auf, gehen zu ihren kleinen Teppichen zurück, ich lege mich auf den Boden, schließe die Augen, das Bild ist weg. Jetzt sehe ich das Haus, in dem ich als Kind gewohnt habe.

Ich war im Büro, als Dulcineias Assistentin mich anrief und mir sagte, wir haben hier einen Typen auf dem Kommissariat von Campo Grande, der sieht aus wie der von dem Phantombild. Ich schicke Ihnen ein Foto und Sie sagen mir, ob ich den Typen nach Gávea überstellen kann.

In den darauffolgenden Minuten zitterte ich, das Bild kam nicht, ich ging zum Fenster, prüfte, ob ich auch Netz hatte, und da erklang das Signal. Als ich das Bild sah, stammelte ich, das ist er nicht. Ich vergrößerte das Foto, um ihn deutlicher zu sehen. Bei näherer Betrachtung gab es doch Ähnlichkeiten. Ja, vielleicht war es der Täter. Ich machte die Augen auf und wieder zu, wie Dulcineia es immer verlangt hatte: Er war es, er war es nicht. Bisher war ich mir immer sicher gewesen, dass ich ihn erkennen würde. Doch dort, in diesem Augenblick, war nichts mehr sicher. In den zwei Wochen konnte er sich ja auch schon verändert, ein paar Verwandlungen vorgenommen haben, um die Polizei zu täuschen. In den zwei Wochen konnte die Sicherheit zum Zweifel geworden sein, die Zeit konnte die Umrisse, die ich im Kopf hatte, verwischt haben. Außerdem ist ein Foto nur ein Foto. Ich verspürte den Geruch nach fauliger Jackfrucht, den Geruch nach Regenwald, den Geruch des Mannes, mein Magen zog sich zusammen, ich schaffte es gerade noch auf die Toilette und übergab mich. Vor dem Spiegel dachte ich: Ich erkenne ja nicht mal mich selbst wieder.

Als ich zurück ins Wohnzimmer kam, klingelte das Telefon. Und, kann ich ihn überstellen?, die Stimme der Polizistin klang ernst und dringlich. Ja, antwortete ich trocken. Ist es der Typ? Ich weiß es nicht, vielleicht, dafür muss ich ihn sehen.

Um fünf war ich dort. Diana kam kurz nach mir an. Ich füllte den üblichen Papierkram aus, diese ganze unverständliche Bürokratie, und wartete, bis ich aufgerufen wurde. Diana wartete draußen.

Dulcineia kam in dem Flur vorbei, gab mir zwei Küsschen, war nett. Wir haben den Typen, beteuerte sie mit einem riesigen Lächeln. Ich wurde in einen Saal geführt und hinter eine Glasscheibe gestellt, durch die ich einen kleinen, leeren Raum sah. Auf einmal ging die Tür auf und fünf Männer betraten den kleinen Raum. Sie reihten sich auf. Ich riss die Augen auf und erkannte den Mann von dem Foto. Die anderen hatten nichts mit ihm gemein. Was sind das für Männer?, fragte ich den Assistenten. Wir nehmen immer mehr als einen, damit das Opfer nicht beeinflusst wird. Aber ... ich redete nicht weiter, dachte nur, aber sie hatten mir doch ein Foto von dem Verdächtigen geschickt, da würde mich doch sowieso keiner mehr davon abbringen.

Jeder der Männer sollte seinen Namen und seinen Beruf nennen, damit ich auch ihre Stimmen hörte, aber sie vermischten sich alle in meinem Kopf, ich konnte sie kaum unterscheiden, sie wurden zu betäubenden Echos, die mir nichts sagten, und ich bat darum, dass sie ein wenig mehr sagten, also fügte jeder Mann noch sein Alter und das Stadtviertel hinzu, in dem er wohnte. Ich konzentrierte mich auf die Stimme des Verdächtigen, sie schien mir nicht die Stimme des Unbekannten zu sein, aber sie klang bei jedem Satz anders. Ich bekam sie nicht zu fassen, sie entglitt mir, löste sich auf.

Der Polizist fragte mich, ob es jemanden gebe, den ich wegschicken wollte, einen, bei dem ich mir sicher sei, dass er nicht der Verdächtige war. Ich blickte wieder auf die Männer, und plötzlich verwirrten sie mich. Hatte ich anfangs noch gedacht, dass es keiner von ihnen war, war ich mir jetzt sicher, dass es alle waren. Münder, Nasen, Ohren, Augen, Hautfarbe, Haarbeschaffenheit, alles vermischte sich und wurde eins, zu ein und demselben Vergewaltiger. Mir wurde schwindlig, die drängelnde Stimme des Assistenten, und?, ich war unfähig zu antworten, die Nasen wurden länger, wurden krumm, die Münder breiter, die Ohren zogen sich zurück, die Augen des einen im Gesicht des anderen, die Hände des einen an den Armen des anderen, an den Beinen des anderen, ein futuristisches Gemälde, bis ich schließlich herausbrachte, nein, ich will niemanden wegschicken. Da fragte er nach, drängte mich, wieso nicht? Sie müssen die Ähnlichsten auswählen. Alle, antwortete ich, sie sind alle ähnlich. Sie waren es alle, sagte ich, nein, das habe ich nicht gesagt, nur gedacht.

Er sah mich ungläubig an und fragte, brauchen Sie Hilfe? Ich antwortete nicht sofort, glaubte dieser Polizist denn wirklich, dass er mir helfen konnte, wenn er fünf Beschuldigte vor mir aufreihte? Klarsichtigkeit und Wahnsinn, Ruhe und Nervosität, Besonnenheit und Ängstlichkeit, alles ging durcheinander, als ich aus lauter Angst zwei auswählte.

Der Assistent zeigte auf den Mann von dem Foto und fragte: Ist es der? Der ist es doch, oder? Sieht genau aus wie der auf dem Bild. Sie dürfen nicht vergessen, dass wir manchmal denken, die Nase sei so, und dabei ist sie ganz anders. Dulcineia imitierend sagte er: Machen Sie die Augen auf und wieder zu. Schauen Sie genau hin. Überlegen Sie genau.

Ich machte die Augen auf und wieder zu, mehrmals. War er es oder war er es nicht? War er es?

Als ich dann bei Dulcineia im Büro war, fragte sie mich, und, wie lautet Ihr Urteil? Ich zögerte. Stammelte. Sie sprach leicht entmutigt weiter, also? Ich glaube nicht, antwortete ich. Sie glauben?! Ja, ich glaube. Das heißt, er ist es nicht. Es gibt zwar ein paar Ähnlichkeiten, aber er ist es nicht. Die Stimme ist ganz anders. Der Körper auch. Er ist größer. Im Gesicht gibt es Ähnlichkeiten, aber er ist es nicht.

Dulcineia stand sichtlich gereizt auf, ihr Blick war starr auf mich gerichtet, Júlia, ich werde Ihnen jetzt mal was sagen: Sie haben ein Trauma erlitten. Ein Trauma, verstehen Sie? Sie dürfen nicht meinen, dass Sie sich an alles erinnern ... Ich werde meine Frage jetzt anders formulieren, Sie brauchen mir nicht mehr zu sagen, ob er es ist oder nicht, sagen Sie mir einfach: Sieht er ihm ähnlich?

Ich blieb stumm.

Sie fragte weiter:

Ähneln die Augen des Verdächtigen den Augen des Mannes, der sie vergewaltigt hat?

Nein.

Warum nicht?

Sie sind kleiner.

Und die Farbe?

Die Farbe stimmt wohl. Aber braune Augen hat ja fast jeder, oder?

Ähnelt die Nase des Verdächtigen der Nase des Mannes, der Sie vergewaltigt hat?

Ich glaube, ja.

Hören Sie auf zu glauben! Ähnelt sie ihr?

Ein wenig.

Erklären Sie.

Die Dreiecksform.

Ähnelt der Mund des Verdächtigen dem Mund des Mannes, der Sie vergewaltigt hat?

Auch wieder ein wenig.

Erklären Sie.

Beide sind schmal, aber der von dem Mann war schmaler.

Wie, schmaler?

Schmaler eben. Nicht so voll.

Ähnelt die Hautfarbe des Verdächtigen der Hautfarbe des Mannes, der Sie vergewaltigt hat?

Ja.

Erklären Sie.

Sie sind beide dunklere Typen, wie ich etwa, nur ein bisschen heller.

Wollen Sie noch etwas hinzufügen?

Ich glaube nicht.

Dann können Sie gehen.

Draußen wartete Diana auf mich. Sie wollte alles ganz genau wissen. Ich erzählte ihr ein wenig und wechselte dann das Thema. Wir gingen zu Fuß bis zum Strand von Leblon, der Himmel schon fast dunkel, ein paar versilberte Wolken über dem Meer. Die Wellen klatschten heftig auf den Sand. Rio ist so schön, seufzte ich, als könnte die Schönheit uns retten, mich und die Stadt. Du auch, hörte ich Diana sagen, du bist auch sehr schön. Ich nahm ihre Hand, und wir gingen und redeten weiter, bis wir am Jardim de Alah angelangt waren.

Seit dem Tag, an dem wir uns kennenlernten, hat diese Hand so oft die meine gehalten. Diana respektierte mein Schweigen und brachte Themen auf, die mir ein wenig Mut machten, ohne mir das Gefühl zu vermitteln, sie würde sich bemühen, mir etwas Gutes zu tun. Sie zeigte mir fast unmerklich, dass der Schmerz zwar immer präsent ist, dass jedoch das Wichtigste ist, dass wir am Leben sind, uns lebendig fühlen.

Den Blick zur Decke gerichtet, Márcia hinter mir, sagte ich, alles hat mit dem Lesenlernen angefangen. Ich war die Letzte aus meiner Klasse, die lesen gelernt hat. Ich schaffte es einfach nicht, die Silben nachzusprechen, mich vom Anfang bis zum Ende aufs Lesen zu konzentrieren, mein Kopf war immer irgendwo anders. Die Lehrerin ließ alle Schüler und Schülerinnen ein Buch vorlesen, und ich war die Einzige, die es nicht schaffte. Ich bat meine Mutter, mir immer wieder eine Geschichte von *Mico Maneco* vorzulesen, bis ich sie auswendig konnte. Am nächsten Tag in der Schule erzählte ich die Geschichte vollkommen richtig, nur entsprach das, was ich las, nicht den Seiten. Meine Lehrerin rief bei meinen Eltern an, bestellte sie ein, ich glaube, Ihre Tochter ist Legasthenikerin, sie verwechselt die Buchstaben, das "f" mit dem "v", das "m" mit dem "n", und sie hat Mühe, sich auf das Lesen zu konzentrieren. Nach der Schule musste ich nun zum Kinderarzt, zum Neuropsychologen, zum Logopäden, meine Eltern wollten mich unbedingt retten. Das Haus füllte sich mit Klebezetteln mit den Buchstaben "f" und "v", ich musste sie immer wieder nachsprechen, "ffff", "vvvv."

Mit elf trat ich dann in den Buchclub *Círculo do Livro* ein, damit ich lernte, mich zu konzentrieren. Zu der Zeit verwechselte ich die Buchstaben kaum noch, aber mein Zeitgefühl war irgendwie gestört; ich verstand das Konzept der zeitlichen Abläufe nicht wirklich, die Art, wie Dinge aufeinanderfolgen. Es ängstigte mich, Bücher zu unterbrechen, bevor ich sie ausgelesen hatte, denn danach ging plötzlich alles durcheinander, ich musste wieder von vorn anfangen, mich erinnern, was ich gelesen hatte, und verlor schließlich den Faden. Deshalb nahm ich mein neues Hobby sehr ernst: Jeden Tag musste ich einen Ausschnitt aus einem Buch oder einem Zeitungsbericht lesen, mehr nicht, davon eine Zusammenfassung machen und den anderen im Club den Inhalt darlegen.

Legastheniker sind sensibler, haben meine Eltern immer behauptet, solange ihre Sprache noch nicht entwickelt ist, vervollkommnen sie im Gehirn das Areal, das für die Intuition zuständig ist. Einstein,

Da Vinci, Mozart, Agatha Christie waren alle Legastheniker, und ich wollte meine Eltern nicht enttäuschen; also beschloss ich, eine hervorragende Schülerin zu werden, ich lernte wie verrückt, legte zu allem Karteikarten an, schrieb ein und dasselbe Wort Hunderte Male und lernte dabei, dass Zwanghaftigkeit sich auszahlt. Und wer zwanghaft veranlagt ist, weiß, wie leicht es ist, von einer Obsession in die nächste zu wechseln.

Ich war sechzehn, als ich beschloss, dass ich einen schönen Körper haben wollte, und einen schönen Körper zu haben hieß, schlank zu sein, sehr schlank. Je weniger ich aß, je mehr ich trainierte, umso schlanker würde ich, umso näher käme ich der Perfektion. Ja, ein Schönheitsideal ist nur eine Konvention, aber in diesem Jahrhundert ist es nun mal so, dass eine hübsche Frau eine schlanke Frau ist, und ich wollte nicht dick sein, genauso wenig wie ich beim Lesen die Letzte sein wollte. Die Freude über ein Lob der Lehrerin, wenn wir einen Test zurückbekamen, war dieselbe Freude wie die, wenn ich mich nackt im Spiegel sah und keinen Bauch und keine Zellulitis vorfand, oder die Freude, ein kurzes Kleid, enge Klamotten zu tragen, in Ipanema an den Strand zu gehen und meinen Körper vorzeigen zu können.

Und jetzt, wie viel Zeit ist inzwischen vergangen? Ich trainiere immer noch, jogge, mache Krav Maga, aber jedes Mal, wenn ich mich nackt im Spiegel sehe, sehe ich den Täter, und er sagt mir, dass ich mich gar nicht erst anzustrengen brauche, mein Körper wurde kaputtgemacht, und ein kaputter Körper wird nie wieder ein schöner Körper sein.

Als ich aufhörte zu reden, fragte Márcia nach, das glauben Sie also? Nach ein paar Sekunden Schweigen sagte ich, die Decke hat einen Riss. Schauen Sie mal, sie hat einen ganz langen Riss. Ist Ihnen das schon mal aufgefallen? Vielleicht sollte man einen Maler kommen lassen.

In Tulum ist das Meer blau und klar. Es scheint keine Dichte zu haben. Es wirkt nicht wie das Tor zu einem tiefen, geheimnisvollen Reich. Du schaust nach unten und siehst die Fische, die Korallen, die Tintenfische, siehst deine Füße und die der anderen Badenden. Selbst wenn dunkle Wolken am Himmel aufziehen, selbst wenn ein Sturm losbricht, bleibt das Meer in Tulum blau und klar.

Michel und ich gingen gerade ins Wasser, als mein Blick plötzlich in der Ferne, am Horizont hängenblieb und ich sah, dass das Meer sich zurückzog. Heute wissen wir alle, wenn das Meer sich zurückzieht, folgt eine Riesenwelle, ein Tsunami wie der, der 2004 die Insel Phuket zerstörte und gut 230.000 Menschen tötete. Das Meer zieht sich zurück, sagte ich, lass uns gehen. Nein, Schatz, das bildest du dir ein, es ist immer noch an derselben Stelle, hörte ich Michel sagen. Wusstest du, dass ein Kind in Thailand jede Menge Menschen gerettet hat, weil es gerade in der Schule gelernt hatte, dass eine Riesenwelle kommt, wenn das Meer sich zurückzieht, eine Welle, die alles verschluckt, alles mit sich reißt? Hunderte von Menschen sind zusammen mit dem Kind auf einen Berg geflüchtet und nicht gestorben. Wenn wir hierbleiben und warten, bis die Riesenwelle sich aufbaut, sterben wir. Michel sagte nichts. Meine innere Furcht vergrößerte sich, das Meer zog sich zurück, und Michel stand einfach nur da, als würde nichts passieren. Da brüllte ich, Tsunami, Tsunami!, und spürte plötzlich Michels Hände, die mich packten und von dort wegzerrten, ich spürte Michels Umarmung, ich trat ihn, versuchte, mich zu befreien, er ließ mich nicht los, wir verlieren nur Zeit, lass uns abhauen, rennen, er drückte mich immer fester, bis ich mich nicht mehr rühren konnte, da machte ich die Augen zu, ich wollte lieber nichts sehen, wenn ich verschluckt wurde.

Der breite Baum diente ihm als Stütze, sein kleiner, untersetzter Körper an dem festen Stamm. Seine Hand zerrte mich an den Haaren zu dem schrecklichsten aller Orte, und ich dachte, bitte nicht das, doch kein Gedanke hinderte ihn daran, alles nur Erdenkliche mit mir zu machen, und da sagte ich mir dann, am besten nichts denken, und ich wollte sogar keinen Widerstand mehr leisten, denn ich hatte mal gelesen, je mehr Widerstand man bei einer Vergewaltigung leistet, umso mehr genießt der Vergewaltiger es, wenn du stillhältst und es hinnimmst, hast du vielleicht Glück und es gefällt ihm nicht, und er geht wieder, wenn du so tust, als würdest du es genießen, sind deine Chancen noch besser, aber ich wusste nicht, wie ich stillhalten sollte, ich konnte einfach nicht gehorchen und den Mund aufmachen, wie er es verlangte, als mein Gesicht direkt vor seinem Schwanz war. Da zog er mich an den Haaren und drückte ihn gegen meinen Mund, der blieb aber immer noch zu, bis seine groben Hände meinen Kiefer lösten und ich den Geruch spürte, den Geschmack, den ich nicht schmecken wollte, den Geruch und Geschmack, die immer wiederkommen, zusammen mit dem Geruch und dem Geschmack der Jackfrucht, sein Schwanz, der sich an meinen Zähnen rieb, ich, die ich versuchte, meine Zunge in irgendeinem Winkel zu verstecken, um nicht diesen Geschmack zu schmecken, ich, die ich versuchte, nicht zu atmen, um nicht diesen Geruch zu verspüren. Ich dachte wieder, wenn ich mich ein bisschen anstrenge, kann ich so tun, als würde ich es genießen, aber mich überkam einfach nur der Impuls, in seinen Schwanz zu beißen, ihn abzureißen, dort im Wald auf seinen Schwanz zu spucken; was ich spürte, war Wut, ein tiefer Hass, der Wunsch, grausamer zu ihm zu sein als er zu mir, und gleichzeitig der Wunsch, mich zu übergeben, Atemnot, die Augen geschlossen, Schwindel, der Kopf außer Kontrolle, driftend, als könnte ich nur so nicht verrückt werden in diesem Augenblick, als könnte ich nur so nicht sterben in diesem Augenblick.

Drei Tage nach meinem Besuch im Kommissariat rief mich Dulcineia persönlich an, und, haben Sie die Antwort schon gefunden? Ich war verwirrt, die Antwort, worauf denn? Ich kann den Mann nicht länger in Haft lassen, sagte sie. Den Mann? In Haft? Dann war der Verdächtige also seit meinem Besuch auf dem Polizeirevier verblieben? Ich verlor das Gleichgewicht, das Telefon rutschte mir aus der Hand, ich hörte Dulcineia am anderen Ende der Leitung reden, ich stammelte, ich wusste ja nicht ... Können Sie jetzt gleich vorbeikommen?, ihre Stimme war schneidend. Ich war mitten in der Arbeit und musste bis zum nächsten Tag einen Längsschnitt des Golfclubs fertig haben. Ich wollte keine Fehler machen. Aber ein Mann saß in Haft, weil ich nicht sagen konnte, ob er der Schuldige war oder nicht. Ich verließ eilends das Büro.

Derselbe Raum mit Glasfenster, dahinter der Mann, der mich nicht sah, als ich ihn beobachtete. Diesmal machte ich die Augen nicht zu. Ich ließ sie ganz lange auf, hörte wieder die Stimme des Typen, untersuchte jedes Detail seines Körpers, achtete darauf, wie er sich bewegte, wie er sprach, wie er atmete. Ich zitterte die ganze Zeit über, mein Herz raste, im Mund ein bitterer Geschmack, die Übelkeit. Es lag in meiner Hand zu entscheiden, ob dieser Mann wieder nach Hause durfte oder inhaftiert wurde. Und im Gefängnis als Vergewaltiger behandelt, verprügelt, angegriffen, vielleicht selbst vergewaltigt würde. Ich möchte allein sein, sagte ich zu dem Assistenten.

Auf dem Weg zu Dulcineias Büro formulierte ich im Geiste, was ich sagen würde, wichtig war, dass ich meine Worte gut abwägte, ich durfte nicht zögern, kein Zweifeln vermitteln.

Nein, sagte ich.

Sind Sie sich sicher?

Ihr voreingenommener Gesichtsausdruck brachte mich erstmals auf die Idee, dass die Polizei nur irgendjemanden verhaften wollte, ganz gleich, wen, es ging darum, den Fall abzuschließen, den Zeitungen zu sagen, der Typ ist gefasst, ich hätte ihn erkannt, er war es. Ich sah Dulcineia an, sie zweifelte nicht daran, dass er der Schuldige war, und sie wollte sich diese Gewissheit bis zum Schluss bewahren, ich brauchte nur zu sagen, er ist es, und als ich sie so ansah, dachte ich einen Augenblick lang, dass ich nun einen Schlusspunkt setzen könnte, ich, nur ich, hatte die Macht, dieses Martyrium ein für allemal zu beenden und meiner Familie und Dulcineia Frieden zu bringen. Meine Antwort, Ruhm und Glanz für sie.

Wäre ich in der Lage, nicht nur mit der Erinnerung an den Unbekannten zu leben, der meine Kleider zerrissen, mich mit dem Gürtel geschlagen hatte, sondern auch noch mit der Erinnerung an jenen anderen Mann, ja, anderen Mann, der wegen eines einzigen Worts von mir ins Gefängnis kam? Vielleicht hatte er ja Familie, einen Job, wahrscheinlich hatte er nie jemandem etwas Böses getan, dieser Mann könnte verhaftet, verprügelt, vergewaltigt werden, würde ich ihn beschuldigen.

Ja, sagte ich. Ich bin mir sicher.

Dulcineia stöhnte, dann können Sie jetzt gehen. Ich rufe Sie an, wenn ich einen anderen Verdächtigen gefunden habe. Falls ich einen finde.

Sie betonte das *falls*, es war fast eine Drohung oder die Bitte, es nochmal zu überdenken, wir waren allein in dem Raum, niemand würde es mitbekommen, wenn ich eine Kehrtwende machte. Doch ich machte keine. Ich blieb standhaft, unterschrieb die Papiere und ging erlöst fort, im Herzen eine Leichtigkeit wie schon lange nicht mehr. Ich wollte nicht irgendjemand ins Gefängnis bringen. Es musste der Unbekannte sein, der seine Waffe an meine Schläfe gehalten, der mich gezwungen hatte, im Wald herumzulaufen, ohne zu wissen wohin, der mich auf den Boden geworfen und meine Hose runtergezogen hatte. Er oder keiner. Ich war wieder ruhig.

Zu Hause sah ich mir nochmal das Phantombild an, der Mann aus dem Polizeirevier erinnerte an den Mann von dem Phantombild, welcher wiederum an den Mann erinnerte, der mich vergewaltigt hatte, aber wie stark erinnerte er an ihn? Ich machte mehrmals die Augen auf und wieder zu, versuchte die Unterschiede auszumachen, konzentrierte mich mit geschlossenen Augen auf das Bild des realen Mannes, öffnete die Augen wieder und sah den Mann auf dem Papier, einen anderen Mann, ähnlich, gleich, verschieden, warum verschwamm der Mann aus meinem Kopf jedes Mal, wenn ich die Augen aufmachte? Warum bekam ich sein Bild nicht zu fassen?

Ich kam als seltsames Wesen zur Welt, war ein sehr hässliches Baby. Ich wuchs heran, wurde ungelenk, die Zähne schief, und meine Eltern entschieden, dass ich eine Zahnspange tragen müsse. Damals wurden alle, die eine Zahnspange trugen, in der Schule verspottet. Zu allem Überfluss war ich auch noch die Einzige, die eine Spange mit Außenbogen trug, Eselgeschirr nannte man sie, und damit begann mein Leiden. Bei den Matineen der Zona Sul war ich diejenige, die nie zum Tanzen aufgefordert wurde, ich tanzte mit dem Besen, buchstäblich mit dem Besen, wer mich manchmal rettete, war Rafael Augusto, ein Junge mit Herzfehler, der deshalb immer blaue Lippen und Nägel hatte. Er hatte dasselbe Problem wie ich, dass er in einem Alter anders war, in dem Anderssein keinesfalls von Vorteil ist. Legasthenie, Eselgeschirr, ich fühlte mich wie der letzte Mensch.

Eines sonnigen Tages standen wir beide vor der Schule, als drei Jungs aus der Klasse über uns ankamen und sich über uns lustig machten, die Leiche mit der Eselin, oh, was für ein hübsches Paar, oh, ah, ih, ihr Lachen drang durch das Tor. Er und ich stumm, wir kannten diese Witze, blieben aber stumm. Weitere Schüler traten ein, das Tor ging zu, zwanzig vor acht, gehst du nicht rein? Nein. Und was hast du vor? Willst du an den Strand?

Rafael Augusto und ich an einem Mittwochmorgen im 583er Bus, die Rucksäcke auf dem Schoß, ganz still, draußen glitt die Zona Sul vorbei, Laranjeiras, Botafogo, Humaitá, Jardim Botânico, Gávea, Leblon, Ipanema. Wir stiegen aus und gingen zu Fuß weiter, fast ohne zu reden, ein Kommentar hier, eine Bemerkung zur Mathelehrerin und zum Erdkundelehrer da.

Der Strand leer, nur ein paar Surfer im Wasser. Ich hatte mir meine Jacke um die Taille geschlungen, und auf die setzte ich mich, die Füße nackt. Die Schüchternheit baute eine Mauer zwischen uns auf. Ich weiß noch, dass ich mir dachte, dass niemand uns dort sehen, niemand wissen konnte, dass ich die Schule geschwänzt hatte, um mit ihm, dem Jungen mit Herzfehler, der deshalb immer blaue Lippen und Nägel hatte, an den Strand zu gehen.

Rafael Augusto stand auf und zog sein T-Shirt aus, sein schmächtiger, gebeugter Körper entfernte sich Richtung Wasser, die Sonne knallte auf seinen Rücken. Als er mich mit klitschnasser Schulkleidung neben sich erblickte, erklärte er mich für verrückt. Wie ich so nach Hause kommen wolle? Ich zuckte mit den Achseln und tauchte unter. Das Meer war ruhig, die Wassertemperatur perfekt, und ich wollte nicht an die Zukunft denken. Ich dachte nicht einmal daran, mein Eselgeschirr in den Rucksack zu packen. Ich höre heute noch Rafael Augustos Stimme, der mich bittet, mach das ab. Und ich mit der hin- und herschwingenden Spange in der Hand, ein naives Lächeln auf den Lippen.

Plötzlich eine große Welle, unerwartet, mein Körper wirbelt herum, die Haare voller Sand, wo ist die Zahnspange? Eine weitere große Welle, tauch unter, schnell, meine Hand sucht die seine, findet sie, diesmal tauchen wir tief, und die Welle bricht sich über uns, ohne dass wir mitgerissen werden. Noch eine Welle, es sind immer drei.

Danach wieder das ruhige Meer, wir beide, die wir das Eselgeschirr suchen, ich tauche immer wieder, um den Sand aus Haaren und

Kleidern wegzukriegen. Meine Mutter bringt mich um, sage ich, die hat ein Vermögen gekostet. Als wir gerade aufgeben wollen, entdecken wir sie, direkt am Meeressaum, sie kommt und geht.

Nachdem ich die Zeit abgewartet hatte, irrte ich barfuß und verängstigt im Regenwald umher, es wird gleich dunkel, ich muss unbedingt die Straße finden, ich rannte, ich ging, ich blieb stehen, ich atmete, das Licht nahm ab, Grillen zirpten, ein Blatt, noch ein Blatt, ein Moskito, noch ein Moskito, noch ein Moskito, es ist unmöglich, den tropischen Regenwald in all seinen Details zu beschreiben, ich lief, ich ging, barfuß, meine Füße ohne Gefühl, plötzlich fiel mir die Kette ein, die Kette, die meine Großmutter aus ihrer Mexiko-Zeit mitgebracht hatte, die Kette, die sie immer getragen hatte, die Kette der Göttin Ixchel, einer Maya-Göttin, eine Frau mit Schlangenhaar auf einem Vollmond-Untergrund, die Kette, die ich von meiner Großmutter geerbt, die meine Großmutter mir kurz vor ihrem Tod geschenkt und die der Vergewaltiger mir vom Hals gerissen hatte, als ich sein Gesicht ablecken sollte und die Kette gegen sein Kinn schlug, seine Wut auf die Kette, sie wurde weit weggeschleudert, ich dachte mir noch, falls ich überlebe, suche ich die Kette, aber das hatte ich dann vergessen, und nun fiel es mir wieder ein, ich wollte umkehren, aber wohin umkehren?, wo war ich losgegangen?, wohin ging ich?, Dunkelheit legte sich über den Regenwald, ich spürte keinerlei Druck, aber ich spürte, spüre immer noch den Urin an meinen Beinen entlangrinnen, unter der Hose, so viel Urin, ich weiß nicht, warum ich mich eingepinkelt habe, ich kann mich an kein Pinkelbedürfnis erinnern, an keinen Druck auf der Blase, ich weiß nur noch, dass der Urin an meinen Beinen entlangrann, meine Hose nass machte, die schon nass war vom Schweiß, von der Feuchtigkeit, der Angst.

Heute habe ich Márcia erzählt, dass ich diesen Brief an euch schreibe. Gleich zu Anfang der Sitzung sagte ich, ich habe angefangen zu schreiben, ohne genau zu wissen, was ich eigentlich erzählen, wie ich es erzählen will, ich war mir nur sicher, dass ich es nicht mehr für mich behalten konnte. Und nach und nach ist mir dann bewusst geworden, dass ich mich nicht mehr an alles erinnere.

Eine Weile sagte sie nichts, dann murmelte sie, ja.

Aber das heißt keinesfalls, dass ich es vergessen habe, fuhr ich fort. Ich denke jeden Tag daran. Manchmal nur an ein Detail, manchmal an viele. Aber unmöglich an alles zusammen. Wenn ich damals alle Details erzählt, jeden Schritt aufgeschrieben hätte, wäre die Erinnerung dann eine andere? Ich weiß nicht, wie sehr diese Besuche auf dem Kommissariat meinen Kopf durcheinandergebracht haben. Die Zeit, die Schwangerschaft, die Geburt, das Stillen sind ebenfalls Dinge, die sich auf unser Vergessen auswirken. Offensichtlich konzentriert sich das Gehirn auf das Überleben und auf die Freude über die Kinder und vergisst fast den ganzen Rest. Geburtstage zum Beispiel. Ich kann mich an keinen Geburtstag mehr erinnern.

Aber ich will nicht vom Thema ablenken. Ich bin heute mit dem Vorsatz von zu Hause weggegangen, dass ich es erzähle. Es ist schon so viele Jahre her, und ich bin immer noch nicht frei von dieser Geschichte. Und ich weiß auch nicht, ob ich mich je davon befreien werde. Werde ich das?

Ich habe solche Angst, dass ich sie auf meine Kinder übertrage, sagte ich zu Márcia.

Antonia ist gerade in der Warum-Phase. Kürzlich ist eine Freundin in der Kita traurig gewesen, der Hund war gestorben, Antonia wollte wissen, was sterben bedeutet, ich habe es ihr mehr oder weniger erklärt, den Tod richtig erklären geht bei einem dreijährigen Kind nicht, und am Schluss hat sie mich gefragt, ob auch ich irgendwann sterben werde, und als ich das bejahte, sagte sie, warum, Mama? Ich war so gerührt, wir haben uns fest umarmt, eine solche Zärtlichkeit, eine unglaubliche Liebe, die Vorstellung, dass sie die Fortsetzung von mir ist, so wie ich die Fortsetzung meiner Mutter bin, dass wir uns in bestimmten Augenblicken vermischen, diese Synthese aus Vergangenheit-Gegenwart-Zukunft sind, die in uns dreien enthalten ist, ein einziger Mensch. Ich war so berauscht von diesem Gefühl, war richtig glücklich, das war ein glücklicher Augenblick, bis mir klar wurde: Wir können uns nicht vermischen. Wir können nicht der gleiche Mensch sein. Nicht mal annähernd der gleiche Mensch sein. Ich möchte nicht, dass meine Geschichte zur Geschichte meiner Tochter wird. Dass mein Körper zum Körper meiner Tochter wird. Da wurde dieses leichte, heitere Glück verdrängt von der Angst, der Beklemmung. Der Schuld. Bei einer Mutter ist alles immer nur Schuld. Ich begann, mich schuldig zu fühlen, weil ich diesen kaputten Körper hatte, weil ich dieses Problem bis heute nicht gelöst hatte, weil ich, selbst wenn ich meine Tochter im Arm halte, an diesen Dienstag denke. Das hat sie nicht verdient. Verdient sie nicht. Es ist nicht ihre Geschichte, sie wurde später gezeugt, später geboren, aber wenn sie sich mit mir vermischt, so dachte ich, fühlt sie sich am Ende selbst vergewaltigt. Die Vergewaltigung der Mutter gespiegelt im Körper der Tochter. Da sah ich Antonia an und dachte, vielleicht schaut sie sich ja im Spiegel an und fühlt sich hässlich, spürt, dass eine geheime Gewalt auf ihrer Haut lastet. Ausgerechnet sie, die so schön ist, so rein.

Ich hörte auf zu reden, schluckte die Tränen hinunter, atmete.

Um Martim mache ich mir auch Sorgen. Wir sind schon bei verschiedenen Kinderärzten, Kinderneurologen, Entwicklungskinderärzten oder wie sie alle heißen gewesen, ich war auch schon bei der Psychoanalytikerin mit ihm, die Sie mir genannt haben, alle sagen sie, er sei normal, er interagiert, teilt sich mit, hat Sinn für Humor, zeigt Gefühle, ist liebevoll, aber er ist drei und spricht nicht. Er sagt ein paar Wortbrocken, kaum ein ganzes Wort außer „Mama“, „Papa“, „Pipi“, „Kacker“ und „Brot“, alles andere sind Bruchstücke. Er schneidet Grimassen wie kein anderer, in der Kita sagen sie, er wird mal Schauspieler, er wirft sich auf den Boden, um sich verständlich zu machen, führt die Leute zu den Dingen, aber er spricht nicht. Ja, ich weiß, Jungs brauchen länger als Mädchen, bis sie sprechen, aber Antonia hat mit eineinhalb schon gesprochen, mit zwei war sie schon die reinste Quasselstrippe, und Martim - nichts. Ja, ich weiß, Kinder haben ganz unterschiedliche Zeiten, ich darf keine Angst haben, ihm nicht zeigen, dass ich will, dass er spricht. Vielleicht ist er ja Legastheniker wie ich, aber ich bin Legasthenikerin und habe trotzdem nicht erst so spät gesprochen. Die Phonoaudiologin hat mir erklärt, dass es verschiedene Abstufungen von Legasthenie gibt, und als ich fragte, ob diese Verweigerung auch einen emotionalen Hintergrund haben kann, hat sie barsch erwidert, das ist keine Verweigerung, das ist eine Schwäche. Aber ich kriege das nicht aus meinem Kopf: Martim weigert sich, zu sprechen.

Deswegen habe ich beschlossen, den beiden diesen Brief zu schreiben, fuhr ich fort. Und alles auf eine Art zu erzählen, wie ich es nie erzählt habe. Ich kam auf die Idee mit den Details. Dass die Heilung vielleicht über die Details erfolgen kann. Die Details werden mich vom Ganzen befreien. Der genaue Standort der Bäume, der genaue Geruch der Blätter, die genaue Anzahl der Schritte, die wir im Wald taten, der Unbekannte und ich.

Ich verstummte. Die weiße Decke fiel mir auf den Kopf.

Aber das wird nicht gehen. Ich erinnere mich nicht genau an alles. Wir erinnern uns doch nie genau an alles, oder? Vielleicht, wenn ich es mehrmals erzählen würde. Wenn ich jedes Mal, wenn ich hierherkomme, nur davon reden, immer wieder dieselbe Geschichte erzählen und all diese Versionen zusammenfügen würde, vielleicht käme ich dann dorthin. Irgendwann hätte ich alles gesagt und würde mich von dieser Vergangenheit befreien. Ich würde Antonia und Martim von dieser Vergangenheit befreien, denn im Grunde geht es nur darum.

Ich hörte, wie Márcia sich auf ihrem Stuhl bewegte, sie würde gleich aufstehen, mir die Hand geben und sagen, wir machen nächstes Mal weiter. Und genau das passierte dann auch.

Wir kehrten nach drei Margaritas an der Strandbar zum Bungalow zurück. Ich schwankte ins Badezimmer und wusch mir die Schminke ab, die Wimperntusche störte mich. Dann legte ich mich aufs Bett und umarmte Michel, mein Körper träge und doch bereit, die Umarmung in etwas anderes überzuführen, meine Hände glitten über seinen Rücken, ruhten aus und begannen wieder von Neuem. Er hob das Gesicht in meine Richtung und küsste mich, es war ein langer, ruhiger Kuss, seine Hand tat es meiner nach, strich ganz langsam über meinen Rücken, meinen Arm, zögerte die Berührung mit der Brust hinaus, alles ganz langsam und sanft, als wäre es unser erstes Mal im Bett, als wären wir zwei Jugendliche, die nicht wissen, wie weit sie gehen sollen. Er wollte keine Grenze überschreiten, das spürte ich, er tastete sich vor, eins nach dem anderen, aus Angst, mir wehzutun. Doch plötzlich erregten mich seine Hände auf meiner Brust, fester, bat ich, er drückte, noch fester, sagte ich und legte meine Hände auf seine und drückte mit. Ich biss ihm in die Lippen, er grunzte, ich zog meine Bluse aus, den BH, führte meine Brüste zu seinem Mund mit dem kleinen Blutfleck darauf, und als er daran nuckelte, bat ich wieder, fester. Ich riss ihm die Kleider herunter und setzte mich auf ihn. Ich bewegte mich schnell, presste seinen Schwanz in mir drin, während seine Hände meinen Po und meine Hände seine Brustwarzen drückten. Da ich ihm keinen Einhalt gebot, bat er mich mit weit aufgerissenen Augen, mach weiter, er packte mich fester und kam. Ich legte mich neben ihn, mein Glück war größer als beim Orgasmus, das Glück zu spüren, dass das Leben weitergehen, dass die Zeit wieder vergehen würde, wer weiß, vielleicht wäre die Vergewaltigung irgendwann nur noch ein kleiner ferner Punkt? Ich umschlang seinen Körper und sagte, ich will auch, er lächelte, steckte seinen Kopf zwischen meine Beine, und im Gegensatz zu ihm ließ ich mir Zeit, ließ ich mir viel Zeit, und er blieb lange an derselben Stelle. Ich war mir immer sicher gewesen, dass ich heftig weinen, es vor lauter Weinen gar nicht aushalten würde, aber auf einmal war der Orgasmus da, seine Zunge in meiner Möse – und ich weinte nicht.

Wussten Sie, dass man die Persönlichkeit eines Menschen auch an seiner Mundform erkennen kann?, fragte ich Dulcineia. Sie sah mich irgendwie mitleidig an, bestimmt dachte sie, ich würde gerade verrückt werden, aber ich wurde nicht verrückt. Wirklich, sagte ich, das habe ich im Internet entdeckt. Sie zum Beispiel haben große, volle Lippen, und Menschen mit dieser Mundform sind dazu geboren, sich um andere zu kümmern. Das passt doch perfekt, oder? Polizisten und Polizistinnen sind dazu geboren, sich um andere zu kümmern. Ah, und sie haben zudem einen starken Mutterinstinkt, haben Sie Kinder? Ich hätte so gern welche, aber Michel sagt, wir müssen auf den richtigen Zeitpunkt warten, aber wenn wir auf den richtigen Zeitpunkt warten, kriegen wir doch nie Kinder, oder? Sie stimmte mir mit einem vagen Nicken zu. Bei mir ist die Oberlippe größer als die Unterlippe, und Menschen mit dieser Mundform sind dramatisch, emotional, charismatisch und fröhlich. Finden Sie, dass ich dramatisch, emotional, charismatisch und fröhlich bin? Fröhlich bin ich definitiv. Da sie nicht antwortete, sagte ich, warten Sie mal.

Ich kam mit ein paar plastifizierten Folien zurück, der Darstellung und Beschreibung verschiedener Mundformen. Menschen, bei denen die Unterlippe größer ist als die Oberlippe, sind nicht für die

Büroarbeit geschaffen, sagte ich, sie können nicht still sitzen, solange sie wissen, dass es draußen eine zu erobernde Welt gibt; dafür haben sie einen hässlichen Mund, oder?, fuhr ich fort, auf die Folie deutend. Wer gewöhnliche Lippen hat, ist laut dieser Klassifizierung ausgeglichen und in der Lage, Probleme jeglichen Schwierigkeitsgrads zu lösen, und das soll wohl heißen, dass Unausgeglichenheit eher die Ausnahme ist; Menschen mit schmalen Lippen sind einsam, aber weil sie es wollen, weil sie die Einsamkeit lieben; wer eine sanft geschwungene Oberlippe hat, ist mitfühlend, sensibel und liebevoll; Menschen mit gerader Oberlippe sind die verantwortungsvollsten und verlässlichsten auf diesem Planeten; Menschen, deren Amorbogen sehr betont ist, sind kreativ und haben ein hervorragendes Gedächtnis für Namen und Gesichter; ich habe mich lange im Spiegel betrachtet, kann aber nicht genau sagen, ob mein Amorbogen sanft oder sehr betont ist, was meinen Sie? Er ist eher betont als sanft, nicht wahr?

Ich dachte: Es gibt Schlimmeres im Leben. Es gibt Menschen, die verlieren ein Kind bei einem Autounfall. Es gibt Menschen, die verlieren ihre ganze Familie bei einem Erdrutsch. Es gibt Menschen, die verlieren die Beweglichkeit ihrer Beine. Es gibt Menschen, die verlieren einen Arm oder ein Bein. Beide Arme und beide Beine. Es gibt Menschen, die erleiden Verbrennungen und sind hinterher völlig entstellt. Es gibt Menschen, die werden an ein und demselben Tag von zehn Typen vergewaltigt.

Aber der Schmerz der anderen verringerte nicht meinen eigenen.

Also hörte ich auf, mir schlimmere Tragödien auszumalen und widmete mich den kleinen Dingen, die mir Freude bereiteten: die pralle Sonne im Gesicht spüren, die Füße im Sand verbuddeln, im Meer baden, unter der Woche, wenn der Strand leer ist. Acaifrucht mit Banane und Honig, ohne Zuckersirup, war eine weitere Freude, die ich in dieser

Zeit entdeckte. Ich wachte morgens mit der üblichen Beklemmung auf, das Gesicht des Unbekannten vor Augen, in seiner Ganzheit klar, in den Details jedoch verschwommen, ich stieg die Treppen hinab, ging zu dem Laden mit den frisch gepressten Säften und bestellte einen großen Saft mit Acaifrucht, Banane und Honig, ohne Zuckersirup. Ich kostete ihn genüsslich und dachte mir, dass nicht jede Einsamkeit schlecht war. Ich musste nicht nur mit meinem Körper und meinem Leben Frieden schließen, sondern auch mit der Stadt.

Zwei Jahre nach der ersten Sitzung mit der Stadtverwaltung, kurz vor den Olympischen Spielen, kam der Planer des Golfplatzes, eine amerikanische Koryphäe, nach Rio, um die Bauarbeiten zu inspizieren. Zu dem Zeitpunkt war die Topografie der achtzehn Löcher bereits fertiggestellt, ebenso wie das Bewässerungssystem und die Ausbaggerung der Seen. Der Rasen war ebenfalls fast fertig. Cadu und ich gingen mit einer Mischung aus Vorfreude und Angst hin, weil wir uns jedes Mal, wenn wir den Platz besuchten, irgendwann mit dem Bauunternehmer stritten. Seine Absicht, alles so schnell wie möglich zu machen, vertrug sich nicht mit unseren Vorstellungen.

Als wir ankamen, bot sich uns ein ungewöhnliches Bild, über das ich immer noch schmunzeln muss, wenn ich daran denke: Der Planer saß höchstpersönlich auf dem Bagger, die Walkman-Stöpsel in den Ohren, und modellierte das Gelände. Er wusste besser als jeder andere, dass die Form eines Golfplatzes nur schwer zu planen ist, da es Landschaft war, und die Landschaft beugt sich nie ganz unserem Willen. Er, der Baggerführer, verkörperte also den Non-Konformisten, den Verzweifelten, aber auch den Insistierenden, den Wunsch, zu zeigen, dass letzten Endes doch er siegen würde.

Wenige Tage später fuhren wir nochmals zu dem Gelände, um der Ausschalung des Gebäudes beizuwohnen. Das Ganze läuft so ab: Zuerst entwirft man die Form; danach wird die Rüstung aufgebaut, aus Eisen; dann wird der Beton eingegossen. Anschließend muss man warten, bis der Beton ausgehärtet ist, das dauert ein paar Tage. Eine geotextile Decke verhindert das Verdampfen, hält das Wasser in den Kapillarporen und befeuchtet so den Beton, damit er nicht springt. Dann wird das Gebäude ausgeschalt, und erstmals wird, noch roh, seine Struktur erkennbar, und vor unseren Augen ersteht, viel größer als wir selbst, das, was wir am Computer entworfen haben.

Gleich zu Beginn der Schwangerschaft, in dieser ganzen Euphorie wegen der Zwillinge, dachte ich, mein Leben sei nun neun Monate lang unterbrochen. Ich hatte plötzlich Hunger auf Dinge, die ich sonst nie aß: Nudeln, Reis, Kartoffelpüree, Brot. Ein Hunger, der größer war als mein Kontrollbedürfnis. Daher dachte ich, in den nächsten Monaten werde ich eine andere sein. Ein Kilo macht bei meinem Körper bereits einen Unterschied, meine Hosen spannten schon vor den zwölf Wochen, nach denen ich den Leuten sagen konnte, ich bin nicht dick, ich bin schwanger mit Zwillingen. Ich liebte die Vorstellung, Mutter zu werden, aber ich hasste die Verwandlung meines Körpers. Ich hasste es, mich im Spiegel zu sehen und mich nicht wiederzuerkennen.

Doch ich hatte auch Angst, euch zu schaden, und zu dieser Angst gesellte sich das Gefühl, dass ihr meine Rettung seid, euch zuliebe habe ich gegessen, auch wenn mein Körper sich nach vorn und zur Seite ausdehnte.

Der Bauch wuchs, und obwohl ich immer zu hören bekam, die Schwangerschaft würde mir gut stehen, fühlte ich mich doch in keinem Augenblick hübsch. Michel überkam eine unerklärliche Geilheit, während es mit meiner Libido bergab ging: Diese Verwandlung war ein Gewaltakt gegen meinen Körper, den ich bisher stets unter Kontrolle gehabt hatte.

Im Laufe der Wochen verlor sich die Lust, Nudeln, Reis, Brot und Kartoffelpüree zu essen, und ich entschied mich für eine naturreine, natürliche Ernährung. Die Extravaganz meiner Gelüste bestand nun darin, dass ich frühmorgens aufwachte und Gurke essen wollte. Ich aß nur Bioprodukte, fast keinen Zucker, Gluten nie im Leben und Milch nur als Mandel- oder Reismilch.

Ich joggte weiter und machte neben meinem Yoga auch noch Krafttraining. Michel lachte, wenn er mich in Hockstellung im Wohnzimmer antraf oder auf allen Vieren durch die Wohnung laufen sah. Der Bauch immer größer, und ich standhaft und stark, rauf und runter, und diese Übungen machte ich auch neun Stunden lang in dem Krankenhauszimmer, vor der Geburt.

Die Krankenschwestern kamen rein und sahen mich nackt, verrückt auf allen Vieren im Bett. Ich sagte, nix für ungut, und sie taten so, als wäre das alles ganz normal. Nach diesen Monaten absolut reiner Ernährung und präziser Übungen mussten diese Babys so aus meiner Möse herauskommen, wie ich es mir vorstellte, nämlich am liebsten ohne Betäubung, weil der natürliche Schmerz ein erhabener Schmerz ist.

Pressen, feste pressen, bis er bricht, wiederholte ich in meinem Kopf, während er raus- und reinflutschte, wenn ich ganz fest presse, bricht er, nur noch ein bisschen, feste, brich, reiß, platze, los, feste, brich, geh kaputt, reiß, ich blicke in sein Gesicht, er verspürt keinen Schmerz, fester, ich kann nicht fester, doch, du kannst, pressen, pressen, brich, sein Gesicht die Bartstoppeln der Mund, ich sah ich sehe er hat links einen Schnitt einen schmalen Schnitt schmal sind auch die Lippen, presse, feste, er spürt keinen Schmerz wird nicht brechen, der Schnitt ist länger als die Lippe er reicht über den Mund hinaus, ich presse so fest ich kann, und wenn er es genießt statt zu brechen, er darf es nicht genießen ich will nicht dass er es genießt aber er muss es genießen damit er weggeht damit er mich in Ruhe lässt damit ich Michel wiedersehe damit wir heiraten und Kinder kriegen können, jetzt bricht er, ich weiß es, er bricht, aber wenn eine Hälfte in mir drin bleibt?, sein Bart ist spärlich seinen Atem werde ich nie vergessen verfault stinkend mir wird schlecht, feste nur noch ein bisschen dann bricht er.

Als ich aus dem Bad kam, entdeckte ich euch an meinem Schreibtisch, vor dem Computer. Ich rannte dorthin und brüllte euch an, ausgerechnet ich, die ich nie brülle, die ich eine so geduldige Mutter bin, die ich nie die Stimme erhebe, ich schimpfte euch aus, runter hier, aber schnell, verlangte ich, während ich mich fragte, haben sie etwa was gelesen? Ich weiß, ihr könnt noch gar nicht lesen, aber das Bild, ihr beide vor dem Computer, vor diesen Wörtern, die ihr jetzt gerade lest, falls ihr diesen Brief jemals lest, hat mich einfach verwirrt. Ihr werdet euch fragen, warum erzählt man Kindern von einem Gewaltakt, der vor ihrer Geburt passiert ist?

Es ist schon über einen Monat her, dass ich angefangen habe zu schreiben, und natürlich habe ich öfter daran gedacht, alles zu löschen, aber gemacht habe ich es nie. Natürlich würde ich es lieber nicht erzählen. Euch vor jedem Schmerz bewahren. Aber nur, wenn es nicht passiert wäre, könnte ich es nicht erzählen.

Als ich euch so ansah und ihr total sauer auf mich wart, fiel mir der Tag ein, an dem Márcia mir sagte, Sie werden darüber reden müssen. Márcia, die fast nie redet, sagte, dass ich darüber reden musste. Nicht wegen der Polizisten, sondern wegen mir, reden, auf der Couch liegend, die Decke anstarrend, ernsthaft reden, erzählen, was passiert war, mir selbst erzählen, was ich erlebt hatte.

Fenster und Türen des Bungalows standen offen, die Sonne war gerade untergegangen. Ich zündete das Nachttischlämpchen an und holte zwei Bier aus der Minibar. Michel, der auf der Veranda in der Hängematte lag, sagte, als ich mit dem Bier ankam, genau daran hätte er auch gerade gedacht. Leg dich mit rein, schlug er vor. Gleich, antwortete ich. Mir war irgendwie komisch zumute, nichts Schlimmes, nur ein merkwürdiges Gefühl, und weil es nicht benennbar war, streifte ich ziellos durchs Zimmer, als wollte ich es zerstreuen, es auf diese Art wegkriegen.

Ich betrachtete jeden Gegenstand, jeden Zierrat, die Innenausstattung, eine Mischung aus schick und absolut natürlich, die Holzbank, den Holztisch, die Strohlampe, eine Keramikvase mit künstlichen Blumen, und plötzlich blieb ich vor zwei Masken stehen, der eines Pumas und eines Orang-Utans. Mit geschlossenen Augen fuhr ich mit den Fingern über die des Pumas, bevor ich sie aufsetzte. Ich löste den Gummi von meinem Pferdeschwanz und befestigte die Maske an meinem Kopf.

Ich ging langsam, als müsste ich mich erst an mein neues Wesen gewöhnen, hinaus auf die Veranda und rief Michel, der verloren aufs Meer blickte. Ich hörte sein vorsichtiges Lachen angesichts dieser unerwarteten Situation. In diesem Augenblick spürte ich, dass die Maske perfekt zu mir passte. Michel nahm einen Schluck Bier, sagte etwas, an das ich mich nicht mehr erinnere, und wir gingen zurück ins Zimmer, die Verandatüren blieben offen, die abendliche Brise setzte gerade ein.

Ich spürte Michels Schwanz an meiner kurzen Hose. Ich rieb meinen Körper an seinem. Er wollte mir die Maske abnehmen, um mich zu küssen, ich ließ es nicht zu. Mit der Maske war ich nicht ich, und genau in diesem Nicht-Ich-Sein fühlte ich mich am ehesten als ich selbst.

Als ich dann am Boden kniete, hob ich sie leicht an, um Michels harten Schwanz in meinen Mund zu stecken. Da hörte ich, wie er sagte, wir machen besser die Verandatür zu. Ich beachtete ihn nicht. Michels harter Schwanz in meinem Mund, die Maske, wir beide dort an diesem Karibikstrand, fernab von allem, die Brise, die Vorstellung, dass uns jemand sehen und hören konnte, ich hatte nicht die geringste Lust, die Verandatür zuzumachen.

Als ich mich wieder aufrichtete, schlug ich ihm mit tiefer, durch die Maske verzerrter Stimme vor, setz die andere auf, auf dem Tisch liegt ein Gummi. Ich wartete kurz, hörte nur seine Schritte, das Klicken des Feuerzeugs, spürte, wie nach und nach der Duft des Räucherstäbchens aufstieg, und plötzlich wurde ich gepackt und aufs Sofa geworfen. Als ich Michels Zunge zwischen meinen Beinen spürte, spürte ich auch, wie seine Maske an meinem Bauch kratzte.

Wir waren äußerst erregt, sein Schwanz in meiner Möse, meine Möse um seinen Schwanz, alles wurde wieder benennbar, Geilheit und Erleichterung zugleich, die Erleichterung bewirkte Geilheit, die Geilheit bewirkte Erleichterung, wir hoben die Masken nur hin und wieder an, um uns zu küssen, aber dieses Hin und Wieder wiederholte sich mehrfach, wir blieben lange dort in der Hütte, hatten Sex auf allen Vieren, im Liegen, auf der Seite, seine Hände auf meinem Körper, meine Hände auf seinem Körper, der frische Geruch aus seinem Mund, unser Stöhnen, die Masken, die offene Verandatür, die Brise.

Wenige Tage nach dem Besuch auf dem Polizeirevier erhielt ich das Foto eines weiteren Mannes. Es war völlig ausgeschlossen, dass er bei einer Gegenüberstellung zum Täter würde, deshalb sagte ich, es lohne sich nicht, deswegen das Haus zu verlassen, doch der Assistent bestand darauf, also ging ich hin, diesmal allein.

In demselben kleinen Raum erblickte ich fünf nebeneinander aufgereihte Männer, ich sah sie mir alle ganz genau an, doch keiner ähnelte dem Phantombild. Der Assistent sagte nichts, als wüsste er, dass der Schuldige nicht dabei war und dieses ganze Theater eine abgekartete Sache war. Es gibt Dinge in dem Verfahren, die ich bis heute nicht verstehe. Verfolgten sie irgendein Ziel mit dieser Aktion? Glaubten sie ernsthaft, ich würde einen Schuldigen mit nur minimaler Ähnlichkeit bestimmen, wenn sie mir Fotos zeigten, die dem Täter so wenig ähnlich sahen?

Dulcineia tauchte nicht einmal auf. Das Protokoll wurde auf schnellstmögliche und einfachste Art verfasst, und nach diesem Besuch auf dem Polizeirevier fiel ich vom Glauben ab. Sie wollten gar nicht den richtigen Mann finden, dachte ich, oder sie glaubten, sie würden ihn nie finden, Rio de Janeiro ist riesig, Brasilien ist riesig, nach so vielen Tagen war der Mann sicher schon ins Hinterland abgetaucht oder an einen Strand im Nordosten, vielleicht war er aber auch gar nicht so weit weg, hatte sich in eine Vorstadt verirrt oder arbeitete in Mangaratiba, vielleicht war er ja, ganz gegen meine Vorstellungen, ein verheirateter Mann mit Kindern, arbeitsam, ehrlich, gebildet, jemand, der nicht den geringsten Verdacht erregte, und die Verdächtigen, die man aufs Kommissariat brachte, waren völlig anders als der Unbekannte. Danach schickten sie mir keine Fotos mehr aufs Handy. Sie riefen mich nur noch an, vereinbarten eine Uhrzeit, und ich musste zum Polizeirevier kommen.

Ich schlug die Zeitung auf und las: Eine Frau war an der Vista Chinesa brutal vergewaltigt worden. Eine weitere Frau. Sie sei Ärztin, hieß es, und mit dem Fahrrad die Straße hochgefahren. Wie jeden Morgen, normalerweise in Begleitung ihres Mannes, doch an diesem verhängnisvollen Tag war sie allein gewesen, und ihr Fahrrad wurde am Eingang zum Regenwald gefunden, kurz hinter der Mauer der Erleichterung, was Passanten aufgefallen war, die die Polizei anriefen. Die Ärztin wurde lebend gefunden, aber sie war schwer verletzt. Inzwischen gehe es ihr wieder gut, hieß es in dem Bericht. Die Polizei vermutete, es könne sich um denselben Mann handeln, der vor Kurzem eine Architektin vergewaltigt habe, und hinter dem Wort „Architektin“ mein Name, daneben ein Phantombild des Mannes, ein Phantombild, das ihm sehr ähnlich sah, aber es war nicht das, wegen dem Dulcineia hier bei mir war, es war der Mann, der Täter, perfekt gezeichnet, ich erkannte jeden Gesichtszug, die Bartstoppeln, die Nase, die Augen, er sah genau gleich aus, er war es, ich erkannte es mit solcher Deutlichkeit, doch auf einmal tauchte ein Blutfleck auf der Zeitung auf, der sich über die ganze Seite ausbreitete, und das Gesicht des Mannes verschwand unter dem Rot.

In dem Saal auf dem Polizeirevier beobachteten drei weitere Frauen und ich hinter dem Glas Männer, die verdächtigt wurden, uns vier vergewaltigt zu haben, alle am selben Ort, alle von einem kleinen, untersetzten Mann, der schwarze oder blaue Handschuhe trug. Vier Männer nebeneinander, die erste Frau zeigte auf einen und sagte, der war es. Die zweite zeigte auf einen anderen und sagte, bei mir war es der. Die Stimme der Dritten klang ernst, der da. Es blieb nur noch ein Mann übrig, und weil nur der übrigblieb, rief ich, schuldig! Dann fingen wir vier an zu schreien und mit den Fäusten gegen das Glas zu schlagen, ich spürte den Schnitt in meiner Hand, ein Blutfaden rann herab, der Schmerz, als wäre es gerade erst passiert, und dann schreckte ich schweißgebadet auf. Die Albträume gönnten mir einfach keine Ruhe.

Ihr hattet euch schon gedreht. Obwohl ich wusste, dass bei Zwillingen eine natürliche Geburt schwieriger und unwahrscheinlicher ist, wollte ich es versuchen. Ich wollte spüren, wie ihr aus meinem Geburtskanal rauskommt, wollte diese orgastische Erfahrung machen wie in den Büchern und Blogs beschrieben. Außerdem heißt es, ein Kind, das natürlich zur Welt kommt, hat weniger Allergien, ist gesünder und zuversichtlicher. Es trinkt besser. Und die Frau, die sich für die natürliche Geburt, möglichst auch ohne PDA, entscheidet, ist mehr Frau, ist eine *wonder woman*.

Auf dem Weg ins Krankenhaus war ich dann aber unmissverständlich: Falls ich in irgendeinem Augenblick sage, dass ich keine Betäubung will, dann sag dem Arzt, dass ich verrückt geworden bin. Der Schmerz war so heftig, ein Messer in der Lendengegend, ich brüllte wie in den Filmen, bäumte mich auf. Im Krankenzimmer stellte Bruno fest, dass der Muttermund drei Zentimeter geöffnet war. Erst drei, was würde da noch alles kommen, aber Catarina, meine Stütze während der Schwangerschaft, war bereits da, und sie überredete mich, erst mal im Flur auf und ab zu gehen, bevor ich eine endgültige Entscheidung traf. Wir gingen, ich brüllte und watschelte wie eine Ente, atme, sagte sie, atme, ich atmete, die Pausen zwischen den Wehen wurden immer kürzer, lass uns zurückgehen, ich will die PDA, sei mir nicht böse, ich bin einfach schwach und hasse Schmerzen.

Eine niedrige Dosis, damit ich noch gehen, mich hinhocken, Übungen auf dem Pilates-Ball machen kann und die nötige Kraft habe, dass Martim rauskommt. Catarina hielt meine Hand. Michel kam rein, ging wieder raus, legte Musik auf, führte Arbeitsgespräche, die Zeit verging, und Bruno sagte, die Wirkung der PDA ist bald vorbei, und du musst jetzt eine Weile ohne Medikament aushalten, damit dieser Junge sich absenkt. Dann spürte ich einen stechenden Schmerz und nahm alle Kraft zusammen, ich spürte, wie Schleim austrat und mir die Beine entlanglief. Es heißt, wenn der Schmerz sehr stark ist, dann transzendiert man den Schmerz.

Im Kreissaal auf dem Gebärstuhl, Martims haariger Kopf bereits zu sehen, ich kann ihn spüren in meiner Hand, feste, feste, feste, Blut strömt, Michel macht Fotos, er hasst Blut, wird ohnmächtig, wenn er Blut sieht, die Kamera hilft, schafft eine Grenze zwischen Darstellung und Realität, das Blut ist meines und nicht meines, ich, das Tier, Regenwaldbestie, Schreie, viele Schreie, habt ihr keine Musik mitgebracht, fragt Bruno, nein, bestimme ich, keine Musik jetzt, ich schreie, mein Schrei ist die Musik, mein Gesicht ist das Tier, mein Gesicht ist die Maske, eine Maske, die brüllt, ich blicke nach vorn, sie tragen auch Masken, Michel, Catarina, Bruno, die Krankenschwester, so viele Leute in dem Kreissaal, so viele Masken, so viele Tiere, und auf einmal diese besagte Lust, ein langanhaltender Orgasmus, Martim kommt heraus, mein Orgasmus dauert an, bis er draußen ist, der längste, intensivste Orgasmus, ich dachte, das sei nur Hippie-Geschwätz, unmöglich, ein Orgasmus bei der Geburt, das geht doch gar nicht, aber es geht, eine unerwartete Lust, Martim ist draußen, am Schluss helfe ich selbst Bruno und bringe das Kind an meine Brust, Blut, Schleim, Fruchtwasser, seine Haut auf meiner Haut, die pulsierende Nabelschnur, Michel, die Schere, der Schnitt, Martim, der an meiner Brust saugt, eine kleine Ratte, die vollentwickelt zur Welt kommt, sie weiß, was zu tun ist, zehn Punkte, dieser Junge bekommt zehn Punkte, und jetzt?, jetzt kommt die Plazenta raus, und die Plazenta kommt, ein Fleischklumpen, rot, blau, schleimig, manche Leute essen sie, manche Leute machen Pillen draus, ich berühre sie nur, ich muss ja nochmal von vorn anfangen, das Mädchen, Antonia, kommt ja auch noch, der Geburtskanal ist geöffnet, die Vagina geöffnet, eingerissen, das zweite ist einfacher, ein paar Minuten, und es ist da, die Wehen setzen wieder ein, anders, weniger stark, weniger konstant, feste, rufen sie im Chor, feste, doch plötzlich ein merkwürdiges Gesicht, ein ängstliches Gesicht, hektische Handgriffe, ruft den Anästhesisten, die Herztöne sind schlecht, sie steckt fest, leidet, der Kopf dreht sich nicht, es wäre zu riskant, sie jetzt rauszuholen, wir müssen operieren, Kaiserschnitt, o nein, denke ich, meine Vagina geöffnet, jetzt wollen sie mir den Bauch aufschneiden? O nein, sage ich, aber niemand hört mich, nur Michel, der antwortet, das Wichtigste ist jetzt, dass sie gesund zur Welt kommt. Es geht ganz schnell, tröstet Bruno mich, während der Anästhesist mir über den Infusionsschlauch die Narkose spritzt, die mich diesmal wirklich ausknockt, ich spüre meine

Beine nicht mehr und bekomme nicht mal mit, dass sie mich fixieren wie Jesus am Kreuz, und auf einmal erscheint mir alles wunderschön, ich liebe die ganze Welt, ich liebe diese Gesichter vor mir, ich spüre ein leises Kratzen der Schere auf meinem Bauch, ein leises Unbehagen, auf der OP-Lampe über mir sehe ich das gespiegelt, was der Vorhang verdeckt, meine Organe außerhalb des Körpers, meine Gedärme draußen, und ich sehe, wie Antonia rausgeholt wird, Antonia ist draußen, Antonia brüllt, das Weinen, das uns vergessen lässt, ob es eine natürliche Geburt war oder ein Kaiserschnitt, das Weinen, das allem, was vorher war, und allem, was kommen wird, einen Sinn gibt, allem, das keinerlei Sinn hat. Und danach sehe ich nichts mehr, ich sehe nicht, wie meine Organe wieder richtig platziert, ich sehe nicht, wie mein Bauch zugenäht wird, ich bitte darum, dass meine Arme gelöst werden, sie lösen nur einen, und mit dem drücke ich Antonia an meine Brust, während Michel den bereits gewaschenen und angekleideten Martim in seinen Armen wiegt.

In dem kleinen Ort stießen wir auf ein Maskengeschäft, und ich dachte, das kann kein Zufall sein, bis mir einfiel, dass jedes Mal, wenn ich etwas für mich entdecke, es dann auch eintritt. Wir gingen hinein. Es gab alle Arten von Masken: eher menschliche Gesichter, eher monströse, affenartige, diabolische, extrem bunte, mit breitem, sarkastischem Lächeln, aufgerissenem Mund, die Zähne zur Schau gestellt, als lachten sie über unsere Gesichter, über das Gesicht des Betrachtenden, als lachten sie über die ganze Menschheit, über unsere Naivität, unser Kleinsein, unsere Übermacht, unsere Furcht vor dem Tod, unser Unvermögen angesichts des Unvermeidbaren, über den Zufall, ein spöttisches Lachen, ein Lachen der Götter, ein übermenschliches Lachen, faszinierend, verführerisch und abstoßend zugleich, ein Lachen, das man nicht sehen will, das man aber unaufhörlich anschauen muss, ein Lachen, das man nicht vergisst. All diese Masken. All diese Gesichter. All diese Ausdrucksformen.

Ich dachte, wenn der Täter exotisch wäre, würde ich ihn wiedererkennen. Aber wenn der Täter inmitten einer Menge solcher Menschen exotisch wäre, müsste ich ihn an einem Fehlen von Rot erkennen oder an einem Übermaß an Gelb, wenn er exotisch wäre, könnte ich ihn nicht beschreiben, aber ich würde ihn wiedererkennen, würde ich ihn wiedererkennen? Eine Maske neben der anderen, viele Masken, alle sahen sie mich an, alle lachten sie über mein Gesicht, diese Nase stimmt mit keinem Nasentyp überein, dieser Mund mit keinem Mundtyp, die Gesichter der Masken haben vieles, was ein normales Gesicht nicht hat, viele Details, die ein normales Gesicht nicht hat, ein normales Gesicht, dachte ich, er hatte ein normales Gesicht, vielleicht könnte ich ihn genau so definieren, ein normales Gesicht, mir geht so vieles durch den Kopf, ständig so vieles durch den Kopf, und auf einmal ein Lächeln, das Lächeln von Michel, er hat eine Tüte in der Hand, ich habe zwei Masken gekauft, sagt er, lass uns gehen, seine Hand, wir beide, wie wir den Laden verlassen, ein Taxi, und wir beide auf dem Rückweg zum Hotel, wo wir mit den neuen Masken vögeln, mit diesem breiten sarkastischen Lächeln vögeln, diesem spöttischen Lächeln über die Menschheit.

Wie viele Schritte es waren, kann ich nicht sagen, auch nicht, wie lange es gedauert hat, ich weiß nur, dass es ziemlich weit war, wir sind lange gelaufen, zumindest kam es mir lang vor, alles war lang. Ich hatte keine Ahnung, warum er mich in den Wald zerrte, sobald der Gedanke an eine Vergewaltigung aufkam, schob ich ihn weg, nein, das kann nicht sein, man wird doch nicht einfach so vergewaltigt, an einem Dienstagnachmittag, ohne Vorankündigung, ohne Anzeichen, unmöglich, aber warum führte er mich so weit weg wegen eines Handys, des einzigen Gegenstands, den ich bei mir hatte? Nach und nach wich das Unverständnis der Angst. Vielleicht war er ja ein Psychopath und seine einzige Absicht war, mich zu töten.

Die Waffe an meinen Kopf haltend zerrte er heftig an mir, zog mich durch den Wald, die Zweige zerkratzten mich, die Bäume versperrten mir die Sicht. Gelegentlich ein Wort, ein Satz, mach schon, sonst bring ich dich um, und sein Atem, der mir in die Nase stieg, das Bedürfnis, mich direkt dort zu übergeben, meine Beine schwer, zitternd, aber stark, sie gehorchten der Stimme, er würde mich umbringen, und ich wollte nicht sterben.

Danach diese beklemmende Angst, die Hoffnung, dass alles bald vorbei wäre, dieses alles, von dem ich noch gar nicht wusste, was es war, dass es so schnell wie irgend möglich passieren würde und ich gleich wieder zu Hause wäre. Keines dieser Gefühle ließ Raum für ein anderes. Sie häuften sich an.

Auf einmal weitete sich der Regenwald, ich erblickte eine Lichtung. Bevor ich irgendetwas denken konnte, schleuderte er mich auf den Boden, ich landete auf dem Bauch und drehte mich reflexartig um, blickte nach oben, so viele dichtbelaubte Bäume, so viel Grün, so viel Braun, so viel Gelb, und vor mir er, der sich im Stehen die Hose auszog, sein steifer Schwanz. Sein steifer Schwanz. Ich weiß noch, dass ich mich fragte, in welchen Moment ist er wohl geil geworden? Was genau macht ihn geil? Mich hier verloren zu sehen, verängstigt, fast kotzend vor Angst? Mir die Waffe an den Kopf zu halten und mich an diesen versteckten Ort zu bringen, wo niemand, ich weiß noch, dass ich dachte, absolut *niemand* uns finden wird? Ich brüllte nicht. Rührte mich nicht. War wie gelähmt. Dieser Mann ohne Hose vor mir, sein steifer Schwanz, war einfach zu unbegreiflich und erschreckend.

Das Schlimmste war die Gewissheit. Er würde mich vergewaltigen, würde mit mir machen, was er wollte, und am Ende würde er mich umbringen, warum sollte er mich auch am Leben lassen in diesem Wald, nachdem er mich so tief in ihn hineingeführt hatte?

Das Schlimmste war die Vorahnung. Das Bewusstsein, dass er mit mir machen würde, was er wollte, es aber noch nicht getan hatte.

Nein. Das Schlimmste war seine Zunge in meinem Gesicht, ein räudiger Hund, der mich abschleckte.

Er riss mir gewaltsam die Hose runter, wobei seine rauen Handschuhe meine Haut zerkratzten, und steckte seinen Schwanz in meine Möse. Sein Schwanz in meiner Möse. Es ist unerträglich, diese Worte zu verwenden, aber ich weiß keine besseren. Denn genau das war es: Sein Schwanz in meiner Möse. Aber es war auch genau das nicht. Ein Schwanz in einer Möse ist etwas anderes.

Ein durchsichtiges Pflaster spannt sich über meine Haut von einer Leiste zur anderen. Der Schmerz ist unerträglich. Ich bitte die Krankenschwester, es abzureißen, sie sagt, das darf sie nicht, aber sie verspricht, meinen Schmerz zu lindern. Sie nimmt eine Schere und schneidet ein Stück von dem Pflaster ab. Die Haut entspannt sich, aber der Schmerz bleibt. Fünf Minuten später klingle ich nach ihr, ich halte es nicht mehr aus. Die Krankenschwester verspricht, mir über den Infusionsschlauch Paracetamol zu spritzen. Ich sage, Paracetamol bringt nichts, in diesen Schlauch wurde schon wer weiß wie viel Paracetamol gespritzt, und es hat absolut nichts bewirkt. Sie sagt, das seien die Anweisungen des Arztes und nähert sich meinem Arm. Ich sage nein, wenn Sie mir kein richtiges Mittel geben, nehme ich lieber gar nichts. Sie geht wütend hinaus und kommt ein paar Minuten später mit dem Anästhesisten wieder, der mit mir redet wie mit einem verwöhnten Kind. Er sagt, er sei der Arzt, er wisse, was ich nehmen dürfe und was nicht. Ich drehe mich zur Seite, sehe, dass ihr beide schlaft. Die Stimme des Anästhesisten macht mich wütend. Als er seinen Sermon beendet hat, sage ich, Sie sind der Arzt, ja, aber es geht um meinen Körper. Er schaut mich entgeistert an, und ich rede weiter, die Geburt hat neun

Stunden gedauert, eine natürliche Geburt und ein Kaiserschnitt, danach eine Migräne, die schmerzhafter war als jede Wehe, ich wurde aufgeschnitten, zusammengenäht und mit diesem Pflaster versehen. Ich habe schon mehrfach Paracetamol bekommen. Es hat nichts geholfen. Verdammt noch mal, geben Sie mir ein richtiges Mittel. Er lächelt ein wenig und sagt, ein richtiges Mittel wollen Sie?, okay, dann sollen Sie ein richtiges Mittel haben. Er zwinkert Michel zu, zieht die Spritze auf und drückt die Flüssigkeit in den Infusionsschlauch. Ich spüre eine tiefe Freude und denke, es lebe das Morphium, es lebe das Opium, es leben sämtliche Drogen.

Danach dämmere ich weg.

Einer der Jungs aus der Klasse über uns hielt Rafael Augusto eine Plastikpistole an die Schläfe und sagte, es tut mir leid, aber ich muss es tun. Drei weitere fingen an zu lachen, während ich völlig entsetzt auf den Jungen starrte, der den Finger am Abzug hatte; dann rannte ich los.

Zwei Wochen später tauchte Rafael Augusto gesenkten Kopfes wieder auf und erklärte mir flüsternd und zögerlich, als würde er um Verzeihung bitten, ich wechsle die Schule. Wir blieben dort stehen, einander gegenüber, sprachen kein Wort. Der Junge mit den Herzproblemen würde das Mädchen mit dem Eselgeschirr verlassen. Mit dreizehn war es für mich bereits normal, dass ich mich allein fühlte, aber ich weiß noch, dass ich an diesem Tag auf dem übervollen Pausenhof einen Stich verspürte, eine Klinge, die meine Brust durchbohrte, und mir dachte: Ich mag die Einsamkeit nicht.

Ich erinnere mich nicht genau, wie wir auf dieser Party landeten, aber ich erinnere mich an die Party, an den Ort, ein riesiger Pavillon fern der Kleinstadt, ein verlassener Pavillon, wo uns ein großer, gutgekleideter

Mann am Eingang nach unseren Namen fragte, dann auf einer Liste nachsah und uns hineinließ. Das Licht war spärlich, viel Qualm, nicht nur von Zigaretten, sondern auch von einem Spezialeffekt wie bei diesen Lichtspielen. Michel und ich sahen uns mit einer Mischung aus Neugier und Schrecken an. Die Dekoration entsprach dem, was man von einem merkwürdigen Ort erwartet, ein paar alte, willkürlich über den Raum verstreute Sofas, altertümliche Tische und Stühle, einige schon kaputt, und an den Wänden moderne Gemälde, die sich abwechselten mit Kunstwerken, die von der Maya-Kultur inspiriert waren. Einige Masken. Zuerst dachte ich, ich hätte einen Verfolgungswahn, doch dann kam mir der Gedanke, dass die Masken vielleicht zur Identität von Tulum gehörten.

Je weiter wir vordrangen und uns in den verschiedenen, mit orientalischen Trennwänden abgeteilten Ambientes verloren, desto dunkler und rätselhafter wurde der Ort. Trotz der vielen hin- und herlaufenden Menschen und der lauten Musik hatte ich das Gefühl, alles geschehe in Zeitlupe: die Frau am Eingang zur Tanzpiste, die uns ein Glas Wasser reichte, in das sie irgendein Pulver geschüttet hatte, ihr breites Lächeln auf dem runden dunkelhäutigen Gesicht, dem Gesicht einer Indigenen. Ich trank das Wasser mit dem Pulver auf einmal aus, ohne auf euren Vater zu achten, der mich unsicher ansah und es mir schließlich nachtat. Dort drin waren Dutzende von Menschen mit Gläsern und Wasserflaschen in der Hand. Ganz hinten, das bemerkte ich erst nach einer Weile, war ein kleines Podest, nur wenig erhöht, auf dem fünf oder sechs sehr junge Frauen tanzten, vielleicht waren sie auch schon achtzehn oder zwanzig, aber sie sahen jünger aus und waren genauso hübsch wie die Frau am Eingang, einige genauso dunkel, mit sehr glattem, sehr schwarzem Haar.

Einen Augenblick lang dachte ich, diese Mädchen sind sehr jung, einen Augenblick lang fragte ich mich, sind sie wirklich freiwillig hier?, aber das aufgelöste Pulver in meinem Wasser wirkte bereits, und im nächsten Augenblick dachte ich nur noch, wie schön sind doch diese Mädchen, wie fröhlich sind doch diese Mädchen, die da mit ihren üppigen, schönen, ganzen, vor Leben strotzenden Körpern tanzen. Ich weiß noch, dass ich um mich blickte und nur Menschen sah, die sich küssten, Männer küssten Frauen, Frauen küssten Frauen, Männer küssten Männer, vielfältige Küsse, alle schienen sich zu küssen, und ich küsste euren Vater.

Ich riss zwei Masken von der Wand, nichts, was wir dort machten, war anstößig, wir rieben uns aneinander, seine Hand unter meinem Rock, die andere knöpfte mir die Bluse auf, meine Brüste nicht mehr im BH, das lustvolle Gefühl der Brüste außerhalb des BHs.

Ich weiß nicht, wie lange wir noch auf dieser Party blieben, wohin uns die Geilheit auf der Party führte. Es gibt eine Leerstelle zwischen dem Moment, in dem wir beide tanzten, wir beide uns küssten, wir beide Masken trugen, und der nächsten Erinnerung: wir beide im Bett, ich bitte Michel, fick mich von hinten, ich erinnere mich ganz genau an diese Worte aus meinem Mund, und ich erinnere mich auch an seine Finger in meiner Möse, während er mich von hinten fickte, und an sein Stöhnen und Zucken, bevor er sich zur Seite drehte und einschlief.

Unter den Bartstoppeln waren Flecken zu sehen, vielleicht Pickelnarben. Nein, er war kein Jugendlicher, er war ganz sicher über zwanzig, vielleicht dreißig, vielleicht vierzig, muss ich das genau festlegen? Dreiunddreißig, sag dreiunddreißig, die Holzspatel in meinem Hals, der Arzt, den ich als Kind hatte, war Doktor Mafra. Als ich meine Periode bekam, wechselte ich zu Doktor Nadir. Manche Frauen gehen ungern zu männlichen Gynäkologen, es ist ihnen unangenehm. Als ich bei eurer Geburt unter Drogen stand und meine Organe außerhalb meines Körpers sah und den Anästhesisten über Fußball reden hörte, dachte ich immer wieder verschwommen: Meine Geburt ist eine Szene aus einem Roman. Die Romanautoren haben recht, so was passiert wirklich. Der Anästhesist ist ein Fan von Vasco, und an dem Tag spielt Vasco, eigentlich wollte er ins Maracanã, aber diese ganze Gewalt, und jetzt spielen sie gar nicht im Maracanã, das Maracanã ist gesperrt, aber ich erinnere mich, dass er sagte, er würde nicht hingehen wegen der ganzen Gewalt, die Stadt sei einfach so gewalttätig geworden, oder bringe ich da was durcheinander?, als ihr auf die Welt kamt, war das Maracanã gar nicht gesperrt, aber der Anästhesist hat es gesagt, ich habe gehört, wie er sagte, dass Vasco spielen würde und er eigentlich hingehen wollte, und auf einmal war Antonia draußen, so schön, so perfekt, hat sie alle Finger? Martim hatte kindliche Akne, ein süßes Baby, aber das Gesicht voller Pickel. Ah, Verzeihung, ich wollte nicht vom Thema ablenken, der Unbekannte, der Täter, wir nennen ihn besser so: Der Täter, ja? Er muss als Jugendlicher viele Pickel gehabt haben, ich erinnere mich jetzt gut, sehe es genau vor mir, es waren keine Flecken, es waren kleine Dellen in seinem Gesicht, unter den Bartstoppeln. Ist das vielleicht hilfreich?

Ilha Pura, so heißt das luxuriöseste Olympische Dorf in der Geschichte der Olympischen Spiele. Auf einer Fläche von 800.000 Quadratmetern gibt es sieben Wohnanlagen, einunddreißig Hochhaustürme, 3604 Apartments mit aus Südkorea importierten Aufzügen der allerneuesten Generation. Für die Freizeitaktivitäten der Bewohner stehen außerdem ein Wald mit verschiedenen Seen, eine Skaterbahn, drei Kilometer Fahrradweg und acht Mehrzwecksportplätze zur Verfügung, wodurch es zum perfekten Modell für eine abgeschlossene Wohnanlage wurde. Mit anderen Worten, Ilha Pura hat alles, was du brauchst, um reinzugehen und nicht wieder rauszukommen. Auf einem tausend Quadratmeter großen Verkaufsgelände konnte man seine Immobilie erwerben, zu Preisen zwischen 750.000 und 3.000.000 Real. Alles in diesem geschmackvollen Stil, für den die Barra da Tijuca bekannt ist, aber eigentlich lag Ilha Pura ja schon in Jacarepaguá, aber Barra da Tijuca klingt cooler, der Magnat ist in Jacarepaguá geboren, ist aber der König der Barra, Senhor Olimpíada, der Herr der Olympiade, jener Mann, der sechs Millionen Quadratmeter Land besitzt und 2014 in der Avenida Salvador Allende Eigenheime für die Elite von Rio baute, ohne Armenviertel drumherum, man denke nur, mit Parks von absolut königlicher Qualität, wie er es nannte. Ilha Pura sollte nicht dieses Schicksal erleiden wie die ganze Region dort, es sollte ein Wohnraum für den goldenen Traum, aber nicht für den Abschaum werden, antwortete er in einem Interview, und alle wissen, dass die kommunalen und bundesstaatlichen Verwaltungen in Vila Autódromo, nicht weit von hier, gerade die Bewohner fortschaffen, wer nicht auf das Angebot eingehen wollte, wird jetzt mit Schlagstöcken, Gummigeschossen und Tränengas traktiert und muss zusehen, wie sein Haus abgerissen wird.

Der Rei da Barra war nicht der alleinige Besitzer der Ilha Pura, zur Hälfte gehörte sie Odebrecht, diesem blütenreinen Unternehmen, das gleich darauf in den größten Korruptionsskandal auf nationaler Ebene verwickelt wurde. Politische Krise, Wirtschaftskrise und die von der Caixa finanzierte Ilha Pura wurde zur größten Immobilienpleite der Geschichte der Olympischen Spiele und auch der Geschichte Rio de Janeiros. Weil nur 230 der 3604 Apartments gekauft wurden, stellte das Konsortium den Verkauf sogar noch vor den Olympischen Spielen ein, um ihn 2018, als die Ilha bereits der größte Apartment-Friedhof der Stadt war, wiederaufzunehmen. Der vormals millionenschwere Verkaufsstand nunmehr äußerst bescheiden, *food trucks* ohne Propaganda-Girls, der Skandal schadet dem Geschäft, lasst uns den Namen des Zweitbesitzers rausnehmen, das kommt sonst nicht gut, wir werden den Verkaufspreis senken, die Reisen nach Paris und New York, die Einkäufe bei Gucci und Chanel verringern, die Zahlungen an die Caixa, solange wir nichts einnehmen, können wir auch nichts zahlen. Der deprimierte König stürzte, das Schlafzimmer voller Blut, ein Riss im Schädel, es war ihm arg um die sieben Hündchen, die gefüttert werden mussten.

Das Hauptgebäude des Golfplatzes, das *club house*, wurde von uns konzipiert und bis zum Schluss betreut, mit vielen Diskussionen und Meinungsverschiedenheiten während des ganzen Prozesses. Damals hatten wir noch Ideale, waren begeistert von der Idee der Veränderung, der Möglichkeit, etwas für die Stadt zu tun, den ersten Golfclub von Rio de Janeiro zu bauen. Aber klar, es war nur das Hauptgebäude eines Golfclubs, und wir wussten immer, dass das nur ein kleiner Beitrag war. Golf ist ein elitärer Sport, dieser stets gepflegte, kurz geschnittene, saubere Rasen. Eine heitere Landschaft in einem Viertel, das nicht erschreckt werden will.

Eine Landschaft, die wir mit einem Gebäude aufwerten wollten, das wie eine große Veranda konzipiert war. Den Golfclub gibt es heute noch, er ist schön, irgendwann nehme ich euch dorthin mit, damit ihr ihn kennenlernt, dann werdet ihr nicht ohne Ironie feststellen, dass er von sämtlichen Sportbauten der Olympischen Spiele 2016 als einziger noch in Betrieb ist.

Ich und ein Mann auf dem Polizeirevier, die anderen vier wurden sofort aussortiert. Ich und ein Mann mit Bartstoppeln, Pickelnarben, schmalen Lippen, einem Schnitt über den schmalen Lippen, ein hellhäutiger Mann, untersetzt, das Haar gewellt, die Nase weder besonders groß noch besonders klein, die Augen braun, ich und ein wütender Mann, ich wütend und der Mann wütend. Sprechen Sie, sagte ich, er stumm, sprechen Sie, wiederholte ich, er stumm, wie heißen Sie?, Luiz de Sousa, antwortete er, und was machen Sie beruflich?, ich bin Straßenverkäufer, wie alt sind Sie?, dreiunddreißig, antwortete er, die Stimme erstickt vor Wut, vor Hass, er hasste mich und ich hasste ihn, nochmal, befahl ich, dreiunddreißig, wiederholte er mit rauer, tiefer Stimme.

Komm mit und halt den Mund, sonst bring ich dich um, die Stimme des Täters, sag, dass du es genießt, seine Hand auf meinem Gesicht, die Kraft seiner Hand, sag schon, sonst bring ich dich um. Meine Stimme, ich genieße es. Gut so, meine kleine Hure, jetzt sag es mal ganz langsam, ich ge-nie-ße es. Meine Stimme, ganz langsam. Ich ge-nie-ße es, die ersten Tränen zwischen angstvollem Schluchzen, ich ge-nie-ße es. Er zog seinen Schwanz aus mir raus und versetzte mir einen Faustschlag ins Gesicht, seine Fingerknöchel und meine Lippen blutig, du verlogene Hure, du bist ganz trocken. Werde feucht, eine Forderung, mein Weinen, mein Schluchzen, seine Hand auf meinen Tränen und dann in meiner Möse, er versucht, meine Möse mit meinen Tränen zu befeuchten, aber der Handschuh, der Handschuh, was für Handschuhe, welche Farbe, leck an deinen Fingern, ja, leck ordentlich, leck fest, ich will deine Zunge sehen, seine Hand auf meinem Arm, die verlangt, dass ich an meinen Fingern lecke, meine Hand in meiner Möse, meine Finger in seinem Mund, auf seiner Zunge, meine Finger in meiner Möse, meine Stimme in meinem Kopf, ein Gebet, werde feucht werde feucht, damit diese Hölle ein Ende hat, sein Schwanz wieder in meiner Möse, sein Schwanz das Größte, was man in die Möse einer Frau einführen kann, ein Schmerz ein Schmerz ein Schmerz, er leckt mir das Gesicht, der Befehl, ich genieße es. Ich gehorche, ich genieße es. Ich denke, er kommt bestimmt gleich. Ich bete, er kommt bestimmt gleich. Die Unterbrechung, sein Schwanz wieder draußen, die Waffe in meinem Mund, das war eindeutig der schlimmste Augenblick, die Gewissheit, sterben zu müssen. Meine Mutter, mein Vater, mein Bruder, Michel, es wird schrecklich werden für die Hinterbliebenen, keine Ahnung, wann sie meinen Körper finden, in welchem Zustand sie meinen Körper finden, aber für mich ist bald alles vorbei, die Waffe in meinem Mund, der Mund offen, die Waffe drin, die kalte Waffe, eine Sekunde noch, dann explodiert mein Gehirn, landet auf den Blättern, den Schlangen, den Affen und den Jackfrüchten, drück ab, dachte ich, drück ab, betete ich, mach Schluss, nach dem heutigen Tag will ich nicht mehr leben, will niemanden mehr sehen, es niemandem erzählen, will mich nicht wieder zusammenflicken, bring mich um, bring mich nicht um, meine Eltern halten das nicht aus, lieber sterben als hinterher weiterleben, lieber leben, bring mich nicht um, doch, bring mich um, drück auf den Abzug, los, lass meinen Mund explodieren, meinen Kopf, lass diese ganze Geschichte explodieren, nein, warte, noch nicht, ich muss lebend hier rauskommen, wie viele Gedanken können wir in ein paar Sekunden haben?

Wiederholen Sie dreiunddreißig. Dreiunddreißig, die raue, tiefe Stimme des Mannes auf dem Polizeirevier. Befehlen Sie mir jetzt zu sagen, dass ich es genieße. Sag, dass du es genießt, der Hass im Gesicht des Mannes, lässt Hass sich unterscheiden? Jetzt leck mein Gesicht, befahl ich. Die Stille, das Nicht-Reagieren, leck mein Gesicht, wiederholte ich, die Stille, das Nicht-Reagieren, Wut steigt in mir auf, meine Stimme ist spröde und trocken, leck mein Gesicht. Das Lecken, seine Zunge in meinem Gesicht, sein Geruch, sein Atem, der Polizist trennt uns, der Polizist zieht den Mann weg, ich liege in Dulcineias Armen, weine heftig in Dulcineias Armen, er ist es nicht, nein, er ist es nicht, bitte fragen Sie nichts mehr, ich will nur nach Hause.

Die Details erzählen, hieße das, zu erzählen, wie lange er auf mir drauf war, wie oft er seinen Schwanz in meine Möse, die Waffe in meinen Mund steckte und wieder rausholte, wie lange er auf mir herumrammelte, bis er mich schließlich brutal packte und mir befahl, mich auf ihn draufzusetzen?

Er auf dem Boden und ich auf ihm drauf, ich rannte los, verzweifelt, es waren bestimmt nur ein paar Schritte, wie viele?, keine Ahnung, ich erinnere mich nicht, wenige, er packte mich, drückte mich gegen einen Baum und schob mir die Waffe bis in den Hals hinunter, die 38er, 82er, 85er, 444er, tief in meinem Hals, die Angst zu kotzen, bist du verrückt geworden?, willst du etwa sterben?, ein Schlag auf den Kopf mit dem Kolben, ich schwankte, fiel zu Boden, verlor fast das Bewusstsein. Er entfernte sich und kam mit dem Gürtel wieder, schlug mich mit dem Gürtel, auf mein Bein, die Arme, den Bauch, er fesselte meine Hände hinter meinem Rücken, zerriss mein T-Shirt, als er es hochzog, riss mir den BH ab und begann, an meinen Brüsten zu lecken.

Ich kann immer noch die Beschaffenheit seiner Zunge spüren, sie war rauer als die Handschuhe.

Dann legte er sich auf den feuchten Boden und zwang mich wieder auf sich.

Der Schmerz. Der Schmerz. Der Schmerz.

Diesen Schmerz werde ich nie vergessen. Dieses Reißen der Haut. Mein offenes Fleisch.

Das ging lange, sehr lange. Ich auf ihm, blutverschmiert, der Ohnmacht nahe, die Hände hinter dem Rücken gefesselt, das Mantra, ich genieße es, wiederholend, unmöglich, dieses Gesicht je wieder zu vergessen, es mag tausend Trauma-Theorien geben, aber Dulcineias Geschichte mit dem Öffnen und Schließen der Augen, ihre ewige Leier, vielleicht hätte ich es ja vergessen, vielleicht erinnerte ich mich nicht richtig, die Leute ändern sich schließlich, nein, ich würde dieses Gesicht niemals vergessen, das mich mit hängender Zunge ansah wie ein ausgehungerter Hund, dieses Gesicht, das mich ständig wiederholen ließ, ich genieße es, und jedes Mal, wenn ich die Augen zumachte, befahl, aufmachen, ich will, dass du mich anschaust, sag, dass ich hübsch bin, sag, du bist hübsch, den ganzen Satz, du bist hübsch, und jetzt bitte mich, dass ich es dir besorge. Stille. Mach schon, die Waffe auf meinem Bauch, die Waffe auf meinem Unterleib. Besorg es mir. Sehr schön, sagte er, so gefällt mir das.

Er verlangte, dass ich sein Gesicht leckte, meine Zunge auf seinen Bartstoppeln, mit den gefesselten Händen konnte ich mich kaum im Gleichgewicht halten, die Kette von meiner Großmutter, die Kette der Maya-Göttin Ixchel, die Kette, die sie aus Mexiko mitgebracht hatte, kratzte an seinem Hals, und plötzlich spürte ich, wie er sie abriss und wegschleuderte, es ging alles ganz schnell, da fühlte ich mich verlassener, ungeschützter denn je und ließ meinen Körper auf seinen fallen.

Komm endlich, sagte ich mit zitternder Stimme, denn das war alles, was ich wollte, dass er kam und diese Hölle ein Ende hatte.

Er schubste mich gewaltsam auf den Boden, löste meine Hände und schlug mich wieder mit dem Gürtel. Die Hölle hat kein Ende. Ich versuchte, seine Logik zu verstehen, vorauszusehen, was er als nächstes machen oder nicht machen würde, doch zwischen meinem Denken und seinem Handeln war ein Abgrund. Ich hätte nichts sagen dürfen, dachte ich und wollte gar nichts mehr denken, wollte meinen Kopf ausschalten, Dunkel, bis es vorbei wäre, oder bis das Dunkel des Todes mich nichts mehr sehen, fühlen oder denken ließe.

Aber diese Geschichte mit dem Schmerz, dass wir den Schmerz irgendwann transzendieren, dass wir in eine andere Sphäre eintreten, das funktionierte bei mir nicht, der Schmerz war einfach nur da, war mein Körper, die Gegenwart, die Stimme, die mir sagte, das passiert genau jetzt, ich konnte unmöglich in eine andere Zeit flüchten, nicht mehr dort sein.

Und neben all den Schlägen und Fausthieben, dem Gürtel und dem Riss, der mir bis zur Gebärmutter zu reichen schien, zwang der Mann mich, auf allen Vieren zu verbleiben, weil er glaubte, ich könnte mich halten, würde nicht zu Boden gehen. Ich wollte alles machen, was er von mir verlangte, er sollte es genießen, und der noch unsichere Ausgang sollte sich enthüllen, aber ich brach zusammen, dem Unbekannten war das egal, er machte heftig und ungestüm in mir weiter. Glaubte Dulcineia wirklich, ich könnte diesen Schmerz vergessen? Diesen Geruch? Diese Stimme? Dieses Gesicht? Niemand wollte doch lieber vergessen als ich. Vergessen war alles, was ich wollte, alles, was ich nicht schaffte, nicht schaffe.

Als er schließlich kam, spürte ich den Schmerz bis in die Wurzeln meiner Haare, an denen er zog, ich empfand Ekel vor diesem schlaffen, schweren Körper auf dem meinen, und die Angst wuchs mit schwindelerregender Geschwindigkeit: Es war vorbei, und was kam jetzt?

Der Tod ermüdet. Das sagte ich mir, als ich in dieses Haus mitten im mexikanischen Regenwald eintrat. Michel und ich waren die einzigen, die Portugiesisch sprachen, doch die anderen schienen uns mühelos zu verstehen, genauso wie wir sie. Der Mann, der die Zeremonie anleiten sollte, stellte sich vor, und vor seinem langen Vortrag über den Peyote – diesen psychoaktiven Kaktus, den bestimmte indigene Stämme seit Jahrtausenden für sakrale Rituale verwenden, um eine gute Ernte zu erbitten, um Geburten und Geburtstage zu feiern, um Gesundheit zu erlangen, aber auch für Beerdigungen, weil das Leben für sie zyklisch war, es endet, um neu zu beginnen —, vor diesem langen Vortrag wies er darauf hin, dass das Wort Peyote in der Gegend um Tulum „Wand", „Schützengraben", „Absperrung", „Graben" bedeutete, dass der Kaktus zuvor jedoch Zamá geheißen habe, Stadt des Sonnenaufgangs, der Wiedergeburt. Er erzählte auch, dass die Prophezeiung des Endes der Welt für 2012 laut dem Maya-Kalender ein großes Thema gewesen sei, aber die Mayas hätten eine andere Vorstellung vom Ende der Welt als wir; das Ende beinhalte bei ihnen stets einen Neuanfang. Es stimme zwar, dass die Welt nicht ihr Ende gefunden habe, doch es stimme auch, dass die Welt am Ende sei und wir in diesem Augenblick des Endes nun mit unserem Inneren in Kontakt treten müssten. Den Peyote zu kauen sei eine Möglichkeit, in eine so unbekannte wie vertraute Realität abzutauchen, eine Reise durch unser eigenes Inneres anzutreten. In der ältesten indigenen Tradition begann das Ritual mit der Ernte des Kaktus, und dafür musste man große Entfernungen zurücklegen. Auf dem Weg erzählte der Schamane Geschichten von den Vorfahren und erbat Schutz für den Rest der Reise. Der Kaktus galt von jeher als heilig, weil er verhinderte, dass die Menschen Hunger, Durst oder Angst verspürten. Zurück in der Gemeinschaft ging die Zeremonie bis in die Nacht weiter, der Peyote wurde gegessen, es wurde gesungen und getanzt. Das Singen war eine Art Gebet, eine Bitte um Schutz, der Kaktus der Weg zu den Visionen, zur Verbindung des Menschen mit dem Althergebrachten, der Erde, dem Wald, dem Regenwald. Viele von euch hier, fuhr er fort, haben diese Geschichte bereits gehört, aber wir haben Gäste, die diese tiefere Realität zum ersten Mal erfahren werden, und ich möchte den Neulingen gern erklären, woher unser Ritual kommt, das, auch wenn es kein religiöses ist, denn wir praktizieren hier keine Religion, dennoch etwas Religiöses beinhaltet im Sinne einer Verbindung, Neuverbindung, Erdverbundenheit. Als er dies erzählte, hörte ich schon nicht mehr zu, ich verspürte eine leichte Angst, fragte mich, ob ich wirklich dort sein wollte. Ich weiß noch, dass ich zum letzten Mal Michels Hand nahm, bevor wir uns trennten, Männer auf eine Seite, Frauen auf die andere, die Energien seien unterschiedlich, erklärte der Mann, und mit ein wenig Abstand würden sie besser wirken, und so sah ich mich auf einmal von Frauen umgeben, viele waren es jedoch nicht, etwa sechs. Das vermittelte mir aber auch wieder ein tröstliches Gefühl, vor allem, als eine erklärte, sie würde keinen Kaktus essen, sondern sich um uns kümmern.

Ich war die Erste, die sich eine der Peyote-Knospen aus dem Glasgefäß nahm, nachdem ich ihr seltsames Äußeres untersucht hatte, sie variierten in Größe und Konsistenz, einige rund, andere länglich, doch braun waren sie alle. Ich wählte die, die mir am kleinsten vorkam, und wartete, bis alle ihre Knospe genommen hatten. Da hörte ich neben mir eine Stimme, die sagte *kauen, kauen, das muss man kauen.* Meine Hand schwitzte, als ich die Knospe zum Mund führte. Ich zögerte ein paar Sekunden, bevor ich die Anweisungen der Frau neben mir befolgte. Ich verspürte einen schrecklich bitteren Geschmack, gleichzeitig schienen meine Zunge und meine Lippen taub zu werden, bis schließlich mein ganzer Mund taub war, also kaute ich immer schneller, als würde das Gefühl durch die Bewegung weggehen. Mein Mund wurde schließlich so taub, dass ich den bitteren Geschmack des Kaktus gar nicht mehr spürte. Dann fühlte ich mich plötzlich wie auf einer Achterbahn, ganz oben, wo der gerade hochgefahrene Wagen ein paar Sekunden innehält und du dich fragst: Was mache ich hier eigentlich?

Die Knospe ist sehr faserig, und ich wusste nicht, ob ich sie wieder ausspucken oder schlucken sollte. Ich verspürte einen heftigen Durst und versuchte, um Wasser zu bitten, bekam aber kein Wort heraus. Da tauchte die Frau, die sich um uns kümmerte – noch ein Name, den ich vergessen habe, weil ich mich gut an Gesichter, aber nur ganz schlecht an Namen erinnern kann — mit einer Schüssel voll Wasser auf und sagte, wir könnten uns erfrischen, sollten aber nichts trinken. Ich spülte mir den Mund aus und spuckte das Wasser aus. Ich war immer noch klar im Kopf, nur mein Herz raste.

Der Übergang erfolgte schrittweise. Als ich merkte, dass ich langsam davongetragen wurde, schüttelte ich den Kopf, versuchte zu vermitteln, dass ich nicht wegtreten, nicht die Kontrolle über mein Bewusstsein verlieren wollte, aber das ist wie in der Achterbahn, ein

Aussteigen ist dort oben nicht möglich. Ich erinnere mich noch an das Lächeln unserer Beschützerin, an ihre Hand, die mich streichelte, bevor ich mich der Wirkung des Peyote überließ.

Ein paar Männer machten Musik und sangen zusammen mit ein paar Frauen. Das Erste, was ich sah, waren ihre Hände, sie wuchsen und verformten sich, wurden größer als die Gitarre, die Trommel; ich sah, wie ihre Gesichter sich verzerrten, unproportionale Nasen, abstehende Haare. Ich war froh, dass sie auf der anderen Seite des Saals waren. Ich schaffte es, meinen Blick auf die Frauen um mich herum zu richten, sie waren schön, sanft, mit Blumengirlanden auf dem Kopf, sie vermittelten mir Trost, ein Gefühl von Frieden, das sich nach und nach zu einem erhabenen Glücksgefühl wandelte, so erhaben, dass ich, als ich wieder zu den Männern hinübersah, deren Monstrosität ungeheuer komisch fand, ich spürte keinerlei Angst mehr und fing an zu lachen. Ich lachte, bis ich keine Luft mehr bekam.

Bilder tauchten vor meinen Augen auf, und ich lächelte. Ein Bild nach dem anderen, Delirien, die mich plötzlich „Lucy in the sky with diamonds" verstehen ließen, Pilze, Regenwald, bunte Zeichnungen, Vögel, viel Bewegung und stets das Gefühl von Frieden, von Harmonie, ein Glücksgefühl, wie ich es noch nie verspürt hatte, so glücklich war ich noch nie, dachte ich. Die Frauen neben mir tauchten plötzlich in meinem Kopf auf, vor mir, wir bildeten einen Kreis, ich wurde in die Mitte gestellt, schwanger, mit riesigem Bauch, die Freude, ein Baby im Bauch zu haben, und dann auf einmal ein Blutfleck, ich spreizte die Beine, und meine Gebärmutter fiel aus mir heraus, die Göttin Ixchel hob sie vom Boden auf, der Muttermund zeigte nach unten, wodurch es noch mehr blutete. Als sie mit meiner Gebärmutter flüchtete, zischte die Schlange auf ihrem Kopf und sah mich hasserfüllt an, und so wandelte sich mein höchstes Glück in tiefste Traurigkeit, so traurig war ich noch nie, dachte ich.

Die Frauen gingen nach und nach hinaus, folgten Ixchel, und als ich so allein war, sah ich mich selbst mit dem Gesicht des Mannes. Ich schaffte es nicht, aufzuwachen, war gleichzeitig aber sehr wach. Das Bild wurde immer klarer: Mein Körper mit dem Gesicht des Mannes, des Unbekannten, des Vergewaltigers. Ich sah sein Gesicht mit einer Deutlichkeit, wie ich sie nie erlebt hatte, nicht einmal an dem Tag, als es passierte. Ich begann, an meinem Gesicht zu kratzen, das ja das Gesicht des Mannes war, begann, seine Haut abzureißen, die Nase, den Mund, das Gesicht zu entstellen, das sich meines Körpers bemächtigt hatte, doch die Haut erneuerte sich sofort wieder, kaum hatte ich das Gesicht verformt, formte es sich wieder neu. Anders als nach meinen Träumen verschwand das Gesicht des Mannes nicht, es kam wieder, bildete sich beharrlich neu.

Da spürte ich die Hand, die mich nach draußen zog, mich in den Wald führte, barfuß, in dieser heißen Nacht. Ich glaube, wir sind weit gelaufen, aber jedes kleine Wegstück war eine große Strecke, die Dinge wuchsen, und ich konnte die Details des Ortes erkennen, an dem ich war, die winzigen Füßchen der Insekten, den Saft der Pflanzen, die kleinste Bewegung, nichts entging mir. Als ich gerade dachte, die Wirkung des Peyote würde aufhören, spürte ich, wie sich unter meinen Füßen die Erde erhob, wie die Wurzeln der Bäume sich ausdehnten, sich krümmten, bis sie meine Beine erreicht hatten und mich nach unten zogen, mich allmählich begruben, es war, als würde mein Körper sich in diesem Regenwald zersetzen, und plötzlich bekam ich Atemnot, die Wurzeln schlangen sich um meinen Hals, ich konnte nicht mehr atmen. Ich fasste mit meinen Händen an die Kette meiner Großmutter, vielleicht war sie es ja, die mir die Luft abdrückte, ich versuchte, sie abzunehmen, es ging nicht. Ich bekam erst wieder Luft, als ich die Hand der Frau spürte, die mich zog, als ich ihre Stimme hörte, komm, wir gehen weiter, ihre sanfte, zärtliche

Stimme, die mich beruhigte, die meine Angst in ein Gefühl von Frieden wandelte.

Die Nacht ging weiter mit diesen Delirien, sie kamen und gingen, Freude und Traurigkeit. Die Rückkehr zu meinem Normalzustand erfolgte ruhig, klar und sanft. Die Männer waren keine Monster mehr, und die Frauen hatten nichts wirklich Tröstliches mehr. Kurz vor Sonnenaufgang fuhren wir mit dem Auto zu einem Cenote, einem unterirdischen Naturpool. Trotz der Schönheit des Ortes fühlte ich mich ohne die Wirkung des Kaktus nicht mehr so mit der Natur verbunden. Ungeschickt lief ich über die Steine, stolperte, hielt immer wieder inne, überlegte, bevor ich einen Schritt vorwärts tat.

Es war niemand da außer uns. Die Grotte war ein riesiges offenes Maul mit kristallklarem blauem Wasser. Wir schwammen und sprachen über unsere Erfahrungen. Michel hatte sich die ganze Nacht übergeben und keine Vision gehabt. Auch die Musik und der bittere Geschmack des Peyote hatten ihm nicht gefallen. Als er mir erzählte, wie er sich geängstigt hatte, als er mich dort im Wald stehen sah und brüllen hörte, dass ich nicht atmen könne, fasste ich mit meiner Hand an die Kette, und die Beklemmung kam wieder. Da spürte ich ganz deutlich, dass ich noch einmal an den Ort zurück musste, von dem wir losgegangen waren, an die Stelle im Wald, wo dieses Gefühl mich gelähmt hatte.

Ein vollbeladener Touristenbus kam an, als wir den Cenote gerade verließen. Wir folgten dem Auto vor uns, und als wir wieder in dem Haus vom Vorabend waren, bat ich meine Beschützerin, mir den Ort zu zeigen, wo ich mich erstickt gefühlt hatte. Ich wollte dort allein sein und ein Loch ausheben. Ich nahm die Kette ab und legte sie behutsam hinein, bevor ich das Loch wieder zuschüttete und Blätter darauf verteilte, bis es nicht mehr zu erkennen war.

Jetzt, da ich euch diese Geschichte erzähle, wird mir klar, dass Trauern genau das heißt: Wir vergraben etwas im Wald, vergraben etwas in der Analyse, vergraben etwas in der Arbeit, vergraben etwas im nachfolgenden Leben, aber irgendein Teil kommt immer wieder.

Dulcineia bestellte mich telefonisch zu einer Gegenüberstellung aufs Polizeirevier. Ich hatte kein gutes Gefühl. Am Morgen hatte ich in der Straße von meinem Büro das Auto an einer Straßenlaterne geschrammt, Márcia hatte unsere Stunde abgesagt, und ich hatte mir die Zunge am Kaffee verbrannt. Kleinigkeiten, ja, aber in ihrer Summe lösten sie bei mir das beunruhigende Gefühl aus, dass das ein schlechter Tag werden würde.

Doch die Gegenüberstellung konnte nicht verschoben werden. Hätte ich sie auf den nächsten Morgen gelegt, hätte der Mann die Nacht im Polizeirevier verbringen müssen. Ich bat Diana, mitzukommen. Sie holte mich im Büro ab und wir fuhren gemeinsam hin.

Wie viel Zeit war seit dem Beginn der Ermittlungen vergangen? Wie oft war ich schon auf dem Polizeirevier gewesen? Jedes Mal dieselbe Verstörung, ich durchlebte nochmals den Horror, stellte mir das Gesicht vor, das ich eigentlich nur vergessen wollte, hörte die Stimme, die ich nur vergessen wollte, unterzeichnete Papiere, traf Dulcineia und ihren Assistenten. Ob dieser Typ wohl je gefasst würde? Oder verlängerte ich nur mein Leid?

Als wir an einer Ampel anhielten, nahm Diana meine Hand und sagte, ich glaube, heute klappt es. Ich lächelte. Ein schmerzliches Lächeln.

Als die Papiere ausgefüllt waren, blieb Diana am Eingang zurück, während ich von einem Polizisten, den ich nicht kannte, weggebracht wurde. Ich fragte nach Dulcineia, und er sagte mir, sie könne nicht dabei sein, ihr sei etwas dazwischengekommen.

Es war wirklich ein schlechter Tag. Nichts passte.

Er erklärte mir das Vorgehen, als wüsste ich das nicht längst auswendig, und sagte, der Typ käme allein in den Saal. Ohne andere, die mich verwirren könnten. Ich solle unbedingt auf die Details achten und auch bedenken, dass Menschen sich verändern, dass der Mann sein Äußeres verändert haben konnte, um die Polizei zu täuschen. Jede Ähnlichkeit sollte einbezogen werden.

Er ging mit mir in einen Raum, der mir sehr merkwürdig vorkam. Ich war ja bereits auf dem Revier von Gávea gewesen, und das war nicht der Raum.

Es heißt, Legastheniker verfügen über eine überdurchschnittliche Fähigkeit zum Erinnern von Bildern und Zahlen, weil der für die Sprache zuständige Teil des Gehirns unterentwickelt ist. Das hatte ich Dulcineia auch schon gesagt, ich vergesse keine Bilder. In einer normalen Situation, hatte sie eingewandt. In einer normalen Situation vergessen Sie das nicht, aber in einer traumatischen Situation blockiert man. Dazu gibt es verschiedene Studien. Nach einem Trauma löst die Erinnerung willkürliche Blockaden aus. Sie können sich gegen die Erinnerung sträuben, ohne das überhaupt zu merken.

Einerseits war ich mir sicher, dass ich den Unbekannten würde identifizieren können, wenn ich ihm direkt gegenüberstünde. Andererseits verunsicherte mich Dulcineias Gewissheit: Und wenn ich doch falsch lag? Wenn ich sein Gesicht blockiert hatte? Wenn ich einen Unbekannten beschuldigte? Oder den wahren Schuldigen laufen ließ?

Das war definitiv nicht derselbe Raum. Er war sehr hell beleuchtet, und der, in den ich sonst immer geführt worden war, war dunkel. Ich sah mich um, und mein Blick fiel auf den Einwegspiegel. Sie hatten mich in den falschen Raum geführt, als wäre ich die Verdächtige. Beobachtete der Mann mich jetzt etwa durch den Spiegel? Vor Nervosität zitternd rief ich aus, Wir sind vertauscht!

Der Polizist sah mich skeptisch an, bis ich nach oben zeigte und er den Spiegel sah. Er antwortete seelenruhig, Sie haben recht, und führte mich ohne Entschuldigung wieder hinaus.

Und dann passierte das Ungeheuerliche. Ich wusste zwar, alle Welt wusste, dass die Polizei von Rio de Janeiro ihre Schwachstellen hat. Doch dann passiert es dir selbst. Und du erfährst am eigenen Leib, wie brutal sie sein kann. Es gibt keinen anderen Ausdruck dafür: brutal.

Der Verdächtige und ich wechselten gleichzeitig den Raum. Ich verließ den Saal mit dem Einwegspiegel, er den Beobachtungsraum. Und wir begegneten uns genau in der Mitte des schmalen Flurs, stießen fast aneinander. Ich sah ihn an, er sah mich an. Nun kannte er das Gesicht des Menschen, wegen dem er auf dem Polizeirevier war, aufgrund einer möglichen Vergewaltigungsklage.

Von dem dunklen Raum aus beobachtete ich den Mann in dem hell erleuchteten Raum. Er blickte auf die Wand vor sich, aber es war, als blickte er mich an. Er hasste mich. Und er wollte deutlich machen, dass er mich hasste. Das sah ich in seinen Augen. Er hatte nichts gemein mit dem Vergewaltiger, das wurde mir in dem Augenblick klar, als wir uns begegneten, als seine Augen meine Augen suchten.

Als ich mit Diana das Polizeirevier verließ, sah ich die Frau und die Tochter des Mannes, ein Mädchen von höchstens acht Jahren. Sie weinten. Sie weinten, weil der Vater des Mädchens nach einer Anzeige des Nachbarn aufs Polizeirevier gebracht worden war. Er hatte frische Verbrennungen an beiden Händen und trug Handschuhe.

Draußen fing auch ich zu weinen an. Und wieder war mir schlecht.

Zu Hause, als ich dann zu reden anfing, ahnte Diana es bereits. Natürlich wollte ich, dass der Mann, der mich vergewaltigt hatte, hinter Gitter kam. Ich war wütend auf ihn und schämte mich nicht für diese Wut. Aber ich ertrug die Vorstellung nicht, dass das Schlimme, das ich erlebt hatte, mich dazu berechtigte, anderen etwas Schlimmes anzutun. Die weinende Frau, das weinende Mädchen – das war zu viel.

Ich will endlich frei sein und diese Sache abschließen, sagte ich zu Diana. Diese Trauer darüber, dass ein Teil von mir verlorengegangen ist, zu Ende bringen. Sie hörte mich an und pflichtete mir bei, das sei das Beste, was ich tun könne. Diese Besuche bei der Polizei, die Telefonate, die Angst, die jedes Mal in mir aufstieg, wenn ich jemanden wiedererkennen sollte, brachten mich einfach nicht weiter. In gewisser Weise empfand ich es zwar als Scheitern, wenn die Ermittlungen eingestellt und ich zu einer Nummer werden würde: eine vergewaltigte Frau mehr, ein gefasster Täter weniger. Ich hasste es, hatte es immer schon gehasst, Dinge mittendrin abzubrechen. Von klein auf hatte ich mich darauf getrimmt, alles, was ich angefangen hatte, zu Ende zu bringen, und zwar mit Erfolg. Doch an dem Tag wurde mir klar, dass hier die Schwäche die Stärke war, die ich brauchte.

Ich bat Diana, mit niemandem darüber zu reden. Ich wollte diese Entscheidung allein treffen. Auch das war wichtig. Sobald ich das Gefühl hätte, dass mein Leben wieder mir gehörte, würde ich es meinen Eltern und Michel erzählen. Sie würden mich unterstützen. Sie waren es ja selbst leid. Und sie vermissten mich.

REGIERUNG DES BUNDESSTAATES RIO DE JANEIRO
STAATSSEKRETARIAT FÜR INNERE SICHERHEIT - SESEG
DER POLIZEIPRÄSIDENT
19. Polizeidienststelle
Rua Gal. Espírito Santo Cardoso, 208, Tijuca, RIO DE JANEIRO,
CEP: 20530-500, TEL: 2332-1644

PROTOKOLL EINER ERKLÄRUNG

Vorgangsnummer: 068387495-1023/2014
Verfahren: 019-06363/2014
Datum: 24/08/2014 um 16:21

Name: JÚLIA GUEDES MANSUR (Opfer)
Nationalität: brasilianisch
Geburtsort: RIO DE JANEIRO

Geburtsdatum: 07/04/1981
Hautfarbe: weiß
Familienstand: ledig
Personalausweis: 1082629-7 IFP, ausgestellt am 12/04/2007

Eltern: MILTON MANSUR und LÚCIA MONTEIRO GUEDES
Wohnhaft in:
Rua Marquês de Sabará, 88 — apto 101,
Jardim Botânico — Rio de Janeiro, RJ — Brasil

Zeugenbelehrung:
Einwände (KEINE):
Vereidigung:

ERKLÄRUNG der Befragten:
Die Aussagende sei wegen des Verbrechens, dem sie zum Opfer gefallen sei, sehr niedergeschlagen, weshalb sie keine Weiterführung der Ermittlungen mehr wünsche, denn die ständige Erinnerung an das Geschehene löse das durchlebte Trauma stets aufs Neue aus und sie fühle sich immer wieder als Opfer.

Die Aussagende fügt noch hinzu, dass sie ihr altes Leben wiederaufnehmen und sich nicht mehr mit der Notwendigkeit konfrontiert sehen wolle, an einer Gegenüberstellung teilzunehmen, sei es über Fotos oder persönlich; denn wegen des während der Tat empfundenen Stresses könne sie sich nie gänzlich sicher sein, ob die betroffene Person wirklich der Täter sei. Und mehr wurde nicht gesagt.

In Ermangelung weiterer Erfordernisse erfolgte von der Polizeibehörde die Anweisung, das vorliegende Protokoll zu fertigen, welches vorgelesen und bestätigt und vom Opfer unterschrieben wurde.

Ich, JUSSIARA RAMOS PINTO, für diesen Vorgang benannte Protokollführerin, Matrikelnummer 506 971-4, habe es fertiggestellt und unterzeichne es.

Er zog sich langsam wieder an, ich reglos, in derselben Position verharrend und auf die Kugel wartend, ich wollte mit dem Gesicht nach unten und mit geschlossenen Augen sterben. Ich hörte, wie er seine Hose anzog, den Gürtel, die Schuhe, und als es still wurde, hörte ich wieder seine Stimme, die Stimme, die ich nicht vergessen kann, sie befahl mir, mich in der nächsten Viertelstunde nicht von der Stelle zu rühren, und dann rannte er los. Er kennt den Wald, dachte ich, er weiß, wo er sich befindet, wo er hin will, seine Schritte sind zielgerichtet, er macht das nicht zum ersten Mal, dachte ich, andere Frauen haben auch diese schreckliche Einsamkeit erlebt.

In diesem Augenblick, in dem ich beinahe gestorben wäre, bin ich gestorben. Er ging, und ich blieb tot zurück. Ich weiß noch, dass ich mich umdrehte, zum Himmel blickte und das Gefühl hatte, gestorben zu sein, die Sterne zu sehen und die Geräusche zu hören, als würde sich gerade etwas von meinem Körper ablösen. Ich löste mich irgendwie auf.

Ich hatte kein Zeitgefühl. Wusste nicht, wann die Viertelstunde um war. Wie ihr, wenn ich euch sage, in fünfzehn Minuten gehen wir, ihr versteht das auch nicht, ich sage fünfzehn Minuten, und eine Minute später fragt ihr schon, jetzt, Mama?

Während ich mich anzog, kam mir plötzlich eine Idee: der Wasserfall. Ich wollte mich unter das eiskalte Wasser stellen und Teil des Regenwalds werden. Ich wollte den Regenwald nicht verlassen, nicht den Menschen gegenübertreten, die mich bestimmt schon suchten. Ich fand meine Turnschuhe, meinen BH und auch mein Handy nicht mehr, ich suchte, fand aber nichts, bestimmt hat er es mitgenommen, dachte ich, während ich nach oben blickte und sah, dass das Licht schwächer wurde, die Dunkelheit brach herein, mir fielen Geschichten von Menschen ein, die sich im Regenwald verirrt hatten und umkamen, verhungerten, verdursteten, erfroren, von Schlangen oder anderen Tieren angefallen wurden, ich hatte überlebt und wollte jetzt nicht sterben, nur weil ich nicht mehr aus dem Wald herausfand, ich wusste nicht, wo ich war, wir waren weit gelaufen, aber in welche Richtung?, ich rannte los, rannte entlang der Pfade, die mir irgendwie gerodet, die mir wie ein Weg vorkamen, ich rannte und klatschte in die Hände, brüllte, damit man mich hörte, damit auch die Tiere mich hörten, das habe ich schon als Kind gelernt, meine Mutter hat es mir beigebracht, will man im Wald die Tiere fernhalten, muss man Krach machen, denn die Tiere mögen keine Menschen.

Es war bereits dunkel, als meine Füße wieder den Asphalt unter sich spürten, meine nackten, zerschundenen Füße. Endlich hatte ich die Straße gefunden, keine Ahnung, wie lange ich durch den Wald geirrt war, mal in die eine, mal in die andere Richtung, während der Himmel sich erschreckend schnell verdunkelte, bis ich es geschafft hatte, ich fand den Asphalt, und der Asphalt war mir noch nie so weich vorgekommen, so anheimelnd. Ich war am Leben, das dachte ich, ich bin am Leben, nur das zählte, ich wollte an einen sicheren Ort gelangen und den anderen sagen, ich bin am Leben.

Ein neues Leben, ein Neuanfang, aber eigentlich wollte ich lieber in der Zeit zurückgehen, vergessen, flüchten, so tun, als wäre nichts passiert. Ich wäre einfach nur joggen gegangen und kehrte nun zurück, es wäre noch hell, die Vögel zwitscherten glücklich im Regenwald, ich verschwitzt, mein Körper empfände das Glücksgefühl der Endorphinausschüttung, Severino wäre vom Mittagessen zurück und würde mir die Tür aufhalten, kaum dass er mich erblickt hätte, ich würde ihn grüßen und mir meinen im Blumentopf versteckten Schlüssel schnappen, die Treppen hocheilen, duschen, mir was Elegantes anziehen, mich dezent schminken, ein diskretes Parfum auflegen, meine Tasche nehmen, die Haustür zuziehen, ins Auto steigen und pünktlich zur Sitzung mit der Gemeindeverwaltung erscheinen, wo die Leute mich ansehen, mich hübsch finden und all diese interessanten Ideen für das Hauptgebäude des Golfplatzes hören würden, die mir immer gekommen waren, wenn ich von der Vista Chinesa nach Hause zurückging, in der Gewissheit, aus Rio de Janeiro eine bessere Stadt zu machen.

Sie erwartet mich am Waldrand, in einem langen, zerschlissenen Rock, ein Tuch über den Schultern, das Haar schwarz, die Haut gealtert. Sie sieht mir nicht in die Augen und erwidert auch nicht meinen Gruß. Mit einer Handbewegung fordert sie mich auf, Platz zu nehmen. Nach ein paar Worten in einer mir fremden Sprache fährt sie mit einem Kräuterzweig über meinen Kopf und meine Schultern und beginnt mich zu schütteln und die gesprochenen Worte in eine Art Gesang zu verwandeln, den ich als Gebet empfinde.

Auf Spanisch sagt sie mir, dass ich viel Traurigkeit in mir habe, dass die Traurigkeit sich aber gerade auflöst. Dein Herz und dein Geist sind stark, sagt sie. Du stirbst nicht so leicht. Und du trägst den Geist eines Vorfahren in deinem Körper. Meine Großmutter?, frage ich. Sie antwortet nicht. Vielleicht will sie den Geist nicht benennen, denke ich, doch dann sagt sie, du hast gut daran getan, der Erde das zurückzugeben, was der Erde gehört hat. Deswegen bist du hergekommen. Wenn dir etwas Schlimmes widerfährt, und ich weiß, das ist bereits geschehen, dann beschützt dich der Geist mit dem Licht, das den Schrecken lindert. Ich schlucke die Tränen hinunter, keine Ahnung, ob sie es bemerkt hat, denn sie fährt fort, als das Leben hart war, hat er dich gerettet. Erweise denen die Ehre, die vor dir kamen, sagt sie, ohne mich anzusehen, sie sieht mich nie an. Sprich mit ihnen. Wir bestatten hier die Toten unter unseren Häusern. Sie waren es, die nicht zugelassen haben, dass du stirbst. Dann wird ihr Atem langsam, sie schließt die Augen, als wollte sie einen Gedanken erraten, und fährt fort, wo wohnst du? In Brasilien, antworte ich. Vielleicht solltest du abreisen, sagt sie schließlich. Ich schüttle ungläubig den Kopf. Nach einer kurzen Pause sagt sie voll Überzeugung, dass zwei Kinder in meinem Bauch seien, sie sagt es, während sie ihre Hand auf meinen Bauch legt und ihn wie eine Landkarte studiert: *Son dos niños iguales*. Es sind zwei gleiche Kinder.

Warum ausgerechnet ich?, habe ich mich unzählige Male gefragt. Damit ich besser darauf achte, was um mich herum passiert? Damit ich vorsichtiger bin und nicht allein an einsame Orte gehe? Damit mein Körper einen Schmerz erlebt, den die Frauen seit Jahrhunderten kennen? Damit ich von meinem Schlankheitswahn loskomme?

Es gibt keine Antwort, die die Gewalt lindert. Es gibt keine Antwort, die mich überzeugt.

Manchmal kriege ich den Gedanken nicht aus dem Kopf, dass nichts dergleichen passiert wäre, wenn ich an jenem Nachmittag nicht joggen gegangen wäre. Aber dann sage ich mir, dass vielleicht, wenn ich früher rausgegangen wäre, etwas noch Schlimmeres passiert wäre. Manchmal komme ich sogar auf den absurden Gedanken, dass ihr gar nicht existieren würdet, wenn ich nicht vergewaltigt worden wäre. Das ist dieser sogenannte Schmetterlingseffekt. Wir werden nie erfahren, wie das Leben verlaufen wäre, wenn es nicht so verlaufen wäre, wie es verlaufen ist.

Gibt es eine Dosis Zufall in dem, was mich zerstört hat und immer noch zerstört? Ganz bestimmt. Aber es gibt auch etwas, das mehr ist als Zufall: der Hass dieses Mannes, die Gewalttätigkeit dieses Mannes, die Freiheit, die er sich nahm, um meinen Körper zu vergewaltigen. Das hat mit Zufall nichts zu tun. Das war meine unfreiwillige Begegnung mit dem Bösen.

Viele Menschen gehen durchs Leben, ohne das Böse kennenzulernen. Wenn ich euch anschaue, denke ich daran, ich bekomme Angst und wünsche mir, dass ihr nie das erschreckende Antlitz des Bösen kennenlernt, das Antlitz, an das wir uns nie erinnern, das wir aber auch nicht vergessen können. Ich wünsche mir, dass es sich nicht bei Antonia wiederholt, dass es auch Martim nicht passiert, dass ihr aufwachst in dem Glauben, das Böse sei ein lügnerischer Freund, ein schmerzender Zahn, eine zu Ende gehende Liebe.

Ehrlich gesagt, weiß ich gar nicht, ob ich je den Mut haben werde, euch diesen Brief zu geben, zu erzählen, dass eure Mutter nicht nur eure Mutter ist, sondern auch diese Frau, die den Teufel vor sich hatte.

In eurem Zimmer gibt es außer dem Foto von mir und Michel mit Maske im Regenwald auch eines von uns beiden in Tulum, vor dem blauen, glasklaren Meer. Mir gefällt die Vorstellung, dass ich an diesem Tag schwanger geworden bin. Mein Körper zeigte bald schon die ersten Anzeichen, alles kam doppelt, die Übelkeit, die Müdigkeit, der Bauch, bis der Arzt mir beim ersten Ultraschall bestätigte, dass es zwei waren. Michel fiel fast in Ohnmacht. Ich hörte den Nachhall der Stimme, *dos niños iguales*, zwei gleiche Kinder. Aber es war ein Pärchen, das Pärchen, das sich alle wünschen und das heute meine große Freude ist.

Diese Geschichte kennt ihr. Ich habe sie euch bereits erzählt. Und werde sie in den nächsten Jahren noch öfter erzählen. Die Geschichte der glücklichen Reise, auf der ihr gezeugt wurdet, und dieses fernen paradiesischen Orts, der mich für immer mit eurem Vater verbunden hat.

Ich hatte gerade eine E-Mail von Michel mit den Tickets für Mexiko erhalten, als ein Unwetter über Rio hereinbrach. Ich war in meiner Wohnung in Horto und beschloss, die Nacht allein zu verbringen. Regennächte vermitteln mir immer ein tröstliches Gefühl von Frieden.

Fünf Jahre später wiederholt sich das Ganze. Aber inzwischen lebe ich in einer anderen Wohnung, in Jardim Botânico, bin verheiratet und Mutter von euch beiden. Die Wolken am Himmel leeren sich mit erstaunlicher Geschwindigkeit, und ich weiß, ein Sturm wird kommen, die Zeitungen haben es am Morgen bereits angekündigt. Michel fährt sofort los, um euch von der Kita abzuholen. Bei den letzten Malen herrschte in der Stadt Ausnahmezustand.

Ich stehe am Fenster, höre den Wind über den Bäumen heulen, warte auf den Regen, auf diesen süßlichen, feuchten Geruch, der vor dem Sturm aufkommt.

Es gab auch schon Unwetter in Rio, als ich klein war. Die Stadt war immer schon schnell überschwemmt, und wir mussten bleiben, wo wir waren, bis der Wasserpegel wieder gesunken war. Ich erinnere mich, dass ich einmal im Kino São Luiz festsaß, dass ich im Auto in eine Plastikflasche pinkeln musste, ich erinnere mich an die Kakerlaken, die einer Frau in der Rua das Laranjeiras die Beine hochkrabbelten, an das schmutzige Wasser, das durchs Autofenster eindrang, an meinen Vater, der sehr nervös wurde, als unser Taxi in einem Schlagloch absoff, an Kerzen, die wir zu Hause anzündeten, und an das Krachen des Donners draußen.

Aber damals konnte man nach einem solchen Unwetter ein paar Stunden später bereits wieder herumlaufen. Es gab immer den Augenblick, in dem die Stadt wieder wie vorher war.

Rio wird nie mehr das sein, was es einmal war, das sagt meine Mutter jedes Mal, wenn sie von der Copacabana ohne das berühmte Pflaster spricht, mit nur wenig Strand und dem Meer direkt vor der Haustür, mit niedrigen Häusern, der Straßenbahn, wenig Verkehr, fast ein Dorf.

Euer Vater hat gerade angerufen. Oben in Jardim Botânico regnet es bereits. Er weiß nicht, ob er noch schnell kommen oder in der Kita warten soll, bis das Unwetter vorbei ist.

Ich sehe durchs Fenster, wie die Wolken heranrücken. Der Augenblick, der den Ereignissen vorangeht, das, was war, und das, was kommt. Das Warten. Das Vergessen.

Am Fenster die Hitze, sie verdichtet die Luft, ich vergesse. Vergesse mich.

Regen fällt, rasant. Ich höre Donner. Dicke Tropfen prasseln auf das Pflaster nieder. Es regnet heftig. Bald wird Michel mich anrufen und mir sagen, dass er oben in der Rua Lopes Quintas festsitzt, die Straße ist zum Wasserfall geworden, alles wird mitgerissen, Autos, Fahrräder, Bäume, Menschen in improvisierten Booten, ihr musstet das Auto verlassen, wurdet aufgesammelt und zur Feuerwehrwache gebracht, klitschnass, ihr weint und fragt nach mir, sagt, ihr wollt nach Hause; es sind noch andere Kinder dort, andere Erwachsene, es werden immer mehr, wir bleiben in Kontakt, bis der Akku von Michels Handy alle ist, vorher sagt er mir noch, dass alles in Ordnung ist, es gibt Decken, Wasser und Brot, ihr werdet die ganze Nacht auf der Feuerwehrwache zubringen, während die restliche Stadt in sich zusammenfällt, während eure Mutter schreibt, eine Tasse Tee auf der einen, ein Glas Whisky auf der anderen Seite, eine Decke über den Knien, und draußen der lärmende Regen.

Es ist schon drei Monate her, dass ich begonnen habe, diesen Brief zu schreiben, und ich weiß nicht, ob er je ausgehändigt werden wird.

Ich konnte mich nie an den Gedanken gewöhnen, dass ein einziger Augenblick die Geschichte eines Menschen für immer verändert und dass damit auch die Geschichte der Kinder dieses Menschen verändert wird. Es wäre alles weniger schrecklich, wenn ich es schaffen würde, ihn nicht weiterzugeben. Wenn der Horror sich auf diesen einen Tag, auf diese Stunde, auf diesen Ort beschränken würde.

Ich wollte nicht diejenige sein, die euch sagen muss, dass jedes Ding, so schön es auch sein mag, stets ein Monster bereithält.

Zwei Bäume sind hier in der Straße umgestürzt. Durchs Fenster sehe ich mindestens drei zerstörte Fahrzeuge. Das ist die Sintflut, und in diesem Augenblick geht das Licht aus. Das Akku-Symbol an meinem Bildschirm zeigt mir an, dass nur noch zwölf Prozent verbleiben, und ich erschrecke, weil ich mir vorgenommen habe, heute noch einen Schlusspunkt zu setzen. Ich bin zurzeit nicht richtig präsent, und ich glaube, ihr spürt das bereits. Ich erinnere mich, dass ich als Kind manchmal das Gefühl hatte, meine Mutter sei verschwunden, obwohl sie da war, in dem Haus, in dem sie immer noch wohnt.

Eine Eilmeldung ploppt neben den Worten, die ich schreibe, auf, in der Estrada Dona Castorina, besser bekannt unter dem Namen Vista Chinesa, der Verbindung zwischen den Stadtvierteln Horto und Vista Chinesa, hat es einen Erdrutsch gegeben, wie es in dem Bericht heißt. Die Straße ist abgesackt, das Pflaster eingebrochen, und der Eingang zum Tijuca-Nationalpark, einer der schönsten Sehenswürdigkeiten Rio de Janeiros, einer Postkartenidylle, sei gesperrt. Niemand kommt rein, niemand kommt raus. Ich sehe mir das Video an: ein Riesenloch im Asphalt gegenüber dem Staudamm des Macaco-Flusses, ganz in der Nähe des Wasserfalls von Horto. Im Hintergrund die von der Strömung mitgerissenen Bäume, das sich mit dem Regen vermischende Flusswasser, der durch den Regenwald abwärts strömende Schlamm, er reißt Äste, Ipê- und Jackfruchtbäume, Korallenottern, Boas, Spinnen, Echsen, Leguane, Büschelaffen, Pakas, Beutelratten mit sich, reißt meinen BH, mein Handy, das nie gefundene Haar mit sich, reißt die Lichtung mit sich, verformt die Landschaft, der Asphalt des eingebrochenen Straßenstücks befand sich auf einer alten, backsteinernen Bogenbrücke, Mitte des 19. Jahrhunderts erbaut, um eine Überquerung des Flusses Pai Ricardo zu ermöglichen, damals fuhren nur Menschen, Pferde und Kutschen darüber, die Fachleute vermuten, die Hauptgründe für den Einsturz seien der Autoverkehr, die Asphaltierung und die vermehrt in die Ritzen des Bauwerks vorgedrungenen Wurzeln und Pflanzen, sie hätten das Eindringen des Wassers erleichtert, welches wiederum den Boden aufgeweicht habe und nun alles mit sich reiße, Pflanzen, Tiere, dort verbliebene Gegenstände, die Lichtung, es reißt den Mann mit sich, das Gesicht des Mannes, die Erinnerung an das Gesicht des Mannes, und auf einmal denke ich, aus dieser ganzen Erde wird auch die darauf erlebte Gewalt auftauchen, die Gewalt, die diese Erde erlebt hat; mit dem Wasser, dem Schlamm und den Bäumen werden auch die Schmerzen, die Knochen, die dort entrissenen Fleischstückchen hinabgleiten, sie werden die Geschichten, die Erinnerungen mit sich reißen, während Feuerwehrsirenen in meine Ohren dringen und ich mir sage, die Rettung kommt aus der Erde, oder sie kommt gar nicht, der Regenwald erobert und verschlingt die Stadt, frisst den Asphalt auf, Rios Rettung ist und war, wird immer der eigene Tod sein.

Juni 2019

Nachwort der Autorin

Im Jahr 2014 wurde eine Freundin von mir, die ich meine Schwester nenne, beim Joggen auf der Vista Chinesa vergewaltigt. Auf das Verbrechen folgten lange polizeiliche Ermittlungen. Ich war zu der Zeit nicht in Brasilien und konnte diesen schmerzlichen Prozess nur telefonisch begleiten, das war für mich die bestmögliche Art, ihr irgendwie nah zu sein.

Einige Monate später, Anfang 2015, lernte ich auf einer Ausstellung die Serie *The Innocents* der US-amerikanischen Fotografin Taryn Simon kennen, die verschiedene Fälle von in den Vereinigten Staaten unrechtmäßig Inhaftierten dokumentierte und die Frage nach der Glaubwürdigkeit von Fotografien als Beweismittel aufwirft. Die Bilder dieser Menschen, die nach einer Gegenüberstellung mit den Opfern zu Unrecht ins Gefängnis kamen, erinnerten mich an die Vergewaltigung meiner Freundin und die nachfolgende Tätersuche. Ihre Schwierigkeit, sagen zu können, ob ein Verdächtiger der Schuldige war oder nicht, ihre Furcht, einen Unschuldigen zu belasten, der Druck der Polizei, die eine Festnahme wollte, das alles ging mir nicht mehr aus dem Kopf. Also begann ich, mir Notizen für einen Roman zu machen.

Diese Notizen blieben bis Anfang 2018 in der Schublade, bis ich mit einem Mädchen schwanger wurde und das Gefühl hatte, es sei nun an der Zeit, ein Buch daraus zu machen. Hierfür brauchte ich jedoch Aussagen meiner Freundin, aber ich war mir nicht sicher, ob sie wirklich bereit wäre, an diesen tiefen Wunden zu rühren. Die Frauenbewegung hatte ihr auch schon angeboten, über die Sache zu sprechen, doch sie hatte es vorgezogen, die Geschichte im privaten Kreis zu belassen.

Als wir schließlich mit einer Reihe von Interviews begannen, überraschte mich die Dringlichkeit, die ich in ihrem Erzählen spürte. Die

Wunden waren nicht nur tief, sie waren auch an der Oberfläche, auf der Haut, noch nicht verheilt, waren noch frisch. Sie ließ sich auf eine Weise auf den Prozess ein, die nicht mehr aufzuhalten war. Eine Zeitlang entwickelten wir die folgende Routine: Sie erzählte, ich machte mir Notizen; ich schrieb, sie las; sie gab ihre Kommentare ab, ich schrieb um. Als ich das Gefühl hatte, genügend Material beisammen zu haben, machte ich allein weiter.

Wichtig war mir, klarzustellen, dass ich einen Roman schreiben würde, und diese Entscheidung hat sie immer akzeptiert. Sie bat mich nie, etwas auf diese oder jene Art zu erzählen. Irgendwann bat sie mich nur zu schreiben, dass es sich um einen Roman handelt, der auf wahren Begebenheiten beruht.

Als das Buch fertig war, entschied sie, dass es nicht genug sei, nur die wahrheitsgetreuen Fakten darzustellen. Sie fand es wichtig, dass gesagt würde, um wen es dabei ging. Soll ich dich etwa namentlich nennen?, fragte ich. Ja, antwortete sie. Monatelang spielte ich die Advokatin des Teufels, um sicherzugehen, dass sie das auch wirklich wollte, bis sie es mir schließlich definitiv bestätigte: Ich schäme mich nicht für das, was passiert ist. Ich möchte, dass du schreibst, dass das wirklich passiert ist — und dass es mir passiert ist, Joana Jabace.

Mein Dank gilt

Joana Jabace, für den Mut, mit dem sie mir ihre Geschichte erzählt hat, und für die Bereitschaft, mit der sie auf mein Drängen nach Details einging.

Leandro Sarmatz, für die Begeisterung und die Hingabe, mit der er an dieses Buch heranging.

Dina Salem Levy, Paloma Vidal, Mirna Queiroz, Susana Moreira Marques, Eric Nepomuceno, Elisabete Pinto Guedes, Maria Mendes, Bárbara Manfroni Souza, Camila Pitanga, Simone Elias, Sandra Rocha, Lucia Murat, Pedro Rivera, Anabela Mota Ribeiro, Patrícia Melo, Olivia Byington, Antonia Pellegrino, Fabiana Díaz, Claudia Lage, Julián Fuks, Pilar del Río, Adriana Varejão, Jordi Roca und Nicole Witt, die alle auf ihre Art zur Entstehung dieser Seiten beigetragen haben.

Virginia Woolf, W. G. Sebald, Sophia de Mello Breyner Andresen, Carlos Castañeda und Franz Kafka für die geliehenen Zeilen.

Pedro, mit dem ich die schönen und die schwierigen Momente allen Schreibens teile.

Francisco und José, die das Glück haben, Kinder von Joana zu sein.

Nino, dem Neffen, den ich gern näher bei mir hätte.

Und nochmal Dina und Joana, für den Tag, an dem wir uns als Schwestern bezeichneten.

secession

secession